えっ、能力なしでパーティ追放された俺が全属性魔法使い!?

e, nouryokunasi de
party tsuihou sareta ore ga
zenzokusei mahou tsukai!?

～最強のオールラウンダー目指して謙虚に頑張ります～

3

Author
たかた ちひろ
Takata Chihiro

Illust.
たば

登場人物紹介
Main Character
マリ
タイラーに匿ってもらっている元王女。今は精霊を操る魔法使い。
アリアナ
明るく活発なタイラーの幼馴染。水属性魔法と弓を使うのが得意。
タイラー
魔法が一切使えないことを理由に、パーティから追い出された冒険者。全属性魔法を習得した後、冒険者として再出発する。
バイオレット
タイラー達が預かることになった幼女。常に眠たげな眼をしている。

ガイア
大地を司る強力な魔族。なぜかバイオレットを狙っている。
ワンガリイ
民想いの領主代行。アツい性格で、大の赤色好き。
ノラ
サンタナ王国の王女。姉のマリとは異母妹。
ランディ
王家に仕える有力家臣の娘。ゆるふわな言動が多いが、剣を握ると豹変する。

一章　全属性魔法使い、官吏に任命される

俺――タイラー・ソリスは、もともと魔法属性を持たない落ちこぼれ冒険者だった。

それでも戦闘知識などを活かしてパーティに貢献《こうけん》していたが、ある日、ダンジョンの奥地にてリーダーのゼクト・ラスターンからパーティを追放される。

幼馴染《おさななじみ》のアリアナ・ベネットだけは一緒に残ってくれたが、強力なモンスターのワイバーンを前に絶体絶命。

だが、その窮地を前に俺の全属性魔法が覚醒すると、無事ワイバーンを倒して帰還するのだった。

それから俺はアリアナと新パーティを結成すると、全属性魔法を活かして、次々と依頼をこなす。

当初の目的であった妹のエチカの病を治す薬草を手に入れるため奔走《ほんそう》する中、その道中で、王家の跡継ぎ争いに巻き込まれ逃亡中であった元王女のマリアと、そのメイドであるサクラと出会う。

そして、特殊な事情を知った俺は、彼女らを匿うことに決める。

そうして新たな仲間も加えつつ、超上級ダンジョンへ向かった俺たちの前に、有力貴族であるテンバス家のユウヒという青年と、かつてのリーダーのゼクトが立ちはだかる。

だがアリアナや、形の上では俺の奴隷となり名前を変えたマリの協力もあって、彼らを撃退することに成功すると、無事に妹のエチカの病を完治させたのだった。

それからしばらくして、ダンジョンから脱出したモンスターが街で暴れている件について、ギルドから調査を依頼される。

辺境での調査の末、黒幕がテンバス家当主のテトラであると確信を得ると、由緒《ゆいしょ》ある有力貴族・ヘイヴン家と手を組んで、テンバスの悪事を暴こうと動き出す。

ヘイヴン家の奥義《おうぎ》を身につけたり、刀を新調したりしながらモンスター暴走の真相に辿り着くのが……

その裏で、テトラによるクーデターが起こされる。

俺はヘイヴン家の長女である一流の剣士・ランディや、かつての敵だったユウヒの協力なども得て、それを退《しりぞ》けると、街に平和を取り戻すのだった。


——が、しかし。

平穏な日々は、そう長く続くものでもないらしい。

「……『偉大《いだい》なる冒険者タイラー・ソリス様へ』ってなんだよ、これ」

季節は秋へと移り変わり、一通の手紙が、まるで秋の嵐かのごとく、唐突に俺のもとへと届いた。

テンバス家が引き起こした動乱の処理を終えて、王都からミネイシティへと帰ってきてから約一週間。

悪事の真相や、裏で糸を引いていた魔族という闇に包まれた存在など、いくつも引っかかることは残ったままだった。

だが、全て調査中だと王室の役人に聞かされていた俺は、戻ってきた日常をありがたく享受《きょうじゅ》していたのだ。

今日だってアリアナ、マリと三人で、超上級ダンジョンでの依頼をこなし、無事に帰ってきたところだった。

そんな矢先、「ご内密に」とギルド職員に握らされたのがこの手紙だ。

「決して他の人間に見せないように。パーティメンバーにもご遠慮ください」

さらに念押しで強く忠告されている。

アリアナやマリは、俺だけ呼び止められたことを若干気にしていたが、俺はどうにかその場を誤《ご》魔化《まか》して、何事もなかったかのように帰宅すると、自室へと手紙を持って引っ込んだのだった。

ろう製のスタンプにより、堅く綴じられた問題の手紙を開けないまま、魔導灯へとかざす。

だが、残念ながら何にも透けてくれやしない。へたっとその端が折れるのみだ。

ここまで厳重なのだから、差出人の名前を書いていないのは、忘れたわけではなく、わざとなのだろう。

そこまで考えてから、背筋にゾワッとした感覚を覚えた。

……一人で開けるのはどうなんだ、この封筒。あまりにも怪しくない？

だが、他の人間には見せないように言われているし……

「あっ、人間じゃなければ――」

俺はそう思いつくと、丹田に魔力を集めて召喚魔法を発動する。

「呼ばれて飛び出たっ！　ご主人様の最愛の愛猫《あいびょう》、愛すべきキューちゃんですよっ。さぁ愛してください！」

ポンッと俺の前に現れた猫の姿の精霊獣――キューちゃんに、俺はツッコミを入れる。

「愛が多すぎだろー」

「愛は多すぎるに越したことはありませんっ。それで、ご主人様。今日はどうされたんです？」

キューちゃんは、俺の肩の上に乗ると、しっぽを俺の首にくるりと巻いて揺らした。

もふもふっとした感触が、俺の顎《あご》に打ち付けられる。

まぁまぁな鈍痛《どんつう》を感じたものの、彼女の機嫌《きげん》がいいことは分かった。

人型になることもできる彼女だが、精霊獣《せいれいじゅう》なら人間には該当しない。

ズルかもしれないが、ちゃんとギルドからの言いつけは守っていると自分に言い聞かせて、俺はキューちゃんに封筒を見せた。

「この手紙を一緒に見ようと思ってさ」

「……はっ、ラブレターですか！　今すぐ破り捨てましょう！　不幸の手紙に違いありません！」

いや、それはありえない。そんなものを、あんな厳格な形で渡されても困る。

俺は軽く首を横に振って、手紙に向かって伸びる彼女の前足を押さえた。

肉球がふにん、と手のひらの中で沈む。

「なぁ、今から見るものは、俺とキューちゃんだけの秘密にしてくれるか？」

「え。ボクとご主人様の秘密、ですか……」

ごくん、とキューちゃんの喉が鳴った。

「二人だけの秘密！　もちろんです！　常々欲しいと思ってたんですよっ。オレンジの人にも、銀の人にも、もちろん黙っておきますよっ」

「色で呼んでやるなよ……それと、サクラにもエチカにも秘密な」

一応やんわり注意しておきながら、俺は再度手紙を手にする。

ベッドのヘッドボードに置いていた小刀で、中身を傷つけないように慎重に封を開けた。

中には、さらに封筒が折って入れてあり、その中にも、また中にも封筒。

「もしかして馬鹿にされてる、俺……？」

そう呟いたとき、一枚の便箋《びんせん》がその姿を見せた。

キューちゃんが俺の肩から飛び降りて、それを咥《くわ》えて引っ張り出す。

中身を読む前から、俺は驚愕する。そこに朱色で押印されていたのは、八重《やえ》の花。

以前マリにも見せてもらったサンタナ国王家の紋だったのだ。

キューちゃんが器用に前足でそれを広げて読み出す。

「ふむふむ……『タイラー・ソリス様。あなた様を、当代最高の冒険者と見込み、お伝えしたいことがございますので、王城までいらっしゃっていただけないでしょうか。来る際は必ずお一人でいらしてくださいませ。サンタナ王国ノラ』、ですってご主人様……ノラってことは野良猫ですか？」

「……ううん、むしろ真逆なくらいだ。温室育ちどころか、王城育ちだよ」

『ノラ』といえば、マリの異母妹《いぼまい》であり、サンタナ王国・現王女にして、次代の王と目される少女だ。

かたや手紙を受け取った俺は、ただ一介の冒険者。

超上級ギルドに属しているかどうかは、王家という身分の前にはまるで意味をなさない。

なぜそんな俺に手紙が……

そう思っていたら、キューちゃんが再び手紙に目を落とす。

「ご主人様、まだ続きがありましたよ？　えーっと、『もし、いい返事をもらえないようなら、あなた方の重大な秘密を公にいたします。ご了承くださいませ』ですって」

読み終えると、褒めてとばかりに、キューちゃんは俺に頭を擦り付ける。

が、俺はそれにすら反応できない。

……脅しじゃねぇか、明白に！　秘密の中身はいっさい教えてくれないし。

他の人が差出人なら、たぶん無視を決めていたが、相手は現王女。ただの嫌がらせ、悪戯《いたずら》ではない凄みがある。

たしかノラ王女は従順でおとなしい性格と聞かされていたが、あれは嘘だったのだろうか。

行った先で待っているものに、嫌な予感しかしない。

「なぁキューちゃん、どうしようか、これ。行くしかないかなぁ、やっぱり」

「よく分かりませんけど……ご主人様が行くのであれば、ボクはどこへでもついていきますよ！」

勢いよく応えるキューちゃんを見てから、俺は天を仰いだ。

……あー、なにも考えたくない。

こうしてずっと、キューちゃんを撫でて、ぼーっとしていたい。

アリアナとサクラの手料理をいただいて、マリが大食いする様子を眺めたり、エチカの笑顔に癒されたりして過ごしたい。

しかし、そうもいかない。


数日後、俺は一人で王城を訪れていた。

今は、控え室に通してもらい、謁見の時間を待っているところだ。

どうやら俺の来訪は、王城内でも極秘らしい。

正面ではなく裏口から城へと入れてもらい、この部屋までの移動も執事が付き添ってくれた。

正直、アリアナやマリに隠れて、こそこそと動くのは、良心も痛むし、億劫《おっくう》だった。

けれど、ノラ王女からの手紙が本物であり、なにかの秘密を握られている以上、その命令はほとんど絶対だ。一冒険者が無下にできるものでもない。

魔族に関する件で、調査に呼び出された、なんてそれらしい理由をつけて、遠路はるばるやってきた。

……といっても、『ホライゾナルクラウド』という大きな雲を生み出して移動する風属性魔法で駆けるように移動したため、たいした時間は要さなかったのだが。

「……異次元だな」

俺は部屋を見回してそう呟く。

控え室とはいうが、家が立っていてもおかしくないくらい、そこは広々としていた。

間取り、家財、全てが国の栄華を謳《うた》うかのようだ。

先日までお世話になっていたヘイヴン家の部屋にもかなり驚かされたが、さらに上を行っている。

幾何学文様《きかがくもんよう》の施された毛足の長い絨毯《じゅうたん》、壁には額縁《がくぶち》に入れて飾られた絵などもあり、力の入れようがまた一段違った。

我が家でくつろいでいる普段の状況を考えたら、正装に身を包んでいるのにも、違和感があった。

いつまでも落ち着かない気持ちでいると、先ほど案内してくれた執事が迎えにやってきた。

「タイラー・ソリス様、大変お待たせいたしました。ノラ王女殿下の支度《したく》が整いましたゆえ、こちらへどうぞ」

王女のいる広間までの廊下はかなりの距離があった。

ただ黙って真紅のカーペットを歩いているのも、居心地が悪いと思い、俺は執事に話しかける。

「ノラ王女はどういう方なんでしょう？」

軽い与太話《よたばなし》ついでに、ずっと疑問に思っていたことを尋ねた。

これまで、マリから聞いてきた印象では確か、『従順で聞き分けのよい子』という話だった。

だが、もらった手紙はその認識とは異なっていたし、そんな穏やかなものには思えなかった。

むしろ、連なる文字に牙を剥かれているような感すらあったくらい。

この執事ならより正確なノラ王女の印象を話してくれると思い、試しに聞いてみたのだった。

「ノラ様は、とても素晴らしい方ですよ。実に、王女様らしく振る舞われる方です」

手放しで褒める執事に俺は再び問いかける。

「……えっと、それだけですか」

「きっと、あなた様もお会いすればその素晴らしさが分かりますよ」

微笑みを浮かべて答える執事を見て、俺は眉間を押さえた。

あ、だめだ、これ。

完全にノラに心酔《しんすい》しきっていて、まるで参考にならない！

気付けば、王女のいる広間の前に到着しており、そのまま大きな扉が開く。

視界の先には、ノラ王女がいた。

「よくいらっしゃいました。タイラー・ソリス様。そう頭を下げなくても構いません。どうぞ、面《おもて》を上げられて？」

余計なほど広く感じる一室の向かいから、ノラ王女がそう声をかける。

神殿のような大広間にいるのは、俺と彼女の二人きり。側に護衛もついていない様子で、見たところ、ノラ王女は一切の武装もなく、少し高いところにある豪奢《ごうしゃ》な椅子に座っていた。

むろん、俺に狼藉《ろうぜき》を働くつもりなどないのだが、それにしたって無警戒だ。

信頼の証、ということだろうか。

「どうして呼ばれたのか、とそういう顔をしておりますね、タイラー・ソリス様」

俺が怪訝に思っていると、ノラ王女が口を開いた。

筋の通った鼻立ちなど、マリによく似た美しい顔が、ほんのりと緩む。

琥珀色《こはくいろ》の目が、薄く細められた。

それだけ見ていれば、なるほど従順そうだと称されるのもよく分かる。

優しい声音も、その印象を強めていた。

「……はい、正直。なにがなんだか」

「それでしたら、簡単ですよ。あなたにお願いがあったから、お呼び立てしました。本当はこちらから行くべきなのでしょうが、わたしはこんな身分ですから」

「いえ。そんな、王女様にご足労はかけられません」

「さすが、一流の冒険者様は礼儀正しいのですね。では、お願いの内容を聞いてもらえます？」

俺は唾《つば》を飲んでから、ゆっくり頷いた。

手紙ではなく口頭でなければいけない願いの中身が一体どんな話か。

そう思って待っていると、ふふ、と含むようにノラ王女は笑う。

「ですがその前に、私が握っている秘密の方をお教えしましょう。気になっているのではありませんか」

姉であるマリとは全く違った彼女の笑みは、覗き込んでも底が知れない。

そんな気がして、ちょっと口角が引《ひ》き攣《つ》ってしまった。

ただ人の好い王女に醸し出せる空気感だとは、到底思えない。

「ええ、それはもちろん気になりますが……」

慎重にノラ王女の問いに応えると、彼女が話を切り出す。

「では、先に。秘密というのは、あなた方の引き連れていた奴隷についてのことです」

背筋をなぞるように、ぶわりと緊張がいっぺんに駆け抜けた。おいおい、まさか……

「わたしの目はごまかせません。あの奴隷は、お姉様――マリア元王女殿下、間違いないでしょう？」

その、まさかだった。

父であるはずの王様だって、死に直面した状況で周りの人間に気が回らなかったのか、マリが失《しっ》踪《そう》した自分の娘だとは気付いていなかった。近臣たちに怪しまれることもなかったが……

どうやら異母妹には、見抜かれていたらしい。

頭の中が一瞬真っ白になって、俺はなにも答えられなくなる。首筋を冷や汗がつぅーっと伝う。

ノラ王女は席を立つと、ドレスをつまみながら、わざわざ時間をかけるようにゆっくりと俺の前までやってくる。

「分かりますよ。いくら外見が変わっても、あの目、雰囲気、わたしがずっと影から見てきたマリアお姉様そのものですから」

「えっと他人の空似では？」

「シラを切りますか、なるほど。お姉様を思われての発言は素敵ですが……この情報、公開されたらどうなるでしょうねぇ。あなたとわたし、一冒険者と、失踪した姉の妹である現王女、どちらの発言に信憑性《しんぴょうせい》がありますか？」

マリは、処刑されるところを逃げ出した身だ。

彼女を追いやったテンバスが消えたとはいえ、マリのことが明るみに出たら、どうなるか分からない。

「……お願い、聞いてくれますよね？」

ノラ王女が耳元で囁《ささや》く。それは質問というより、最終確認のようだった。

心の内を完全に見透かされ、首元に刃を突き付けられたような、そんな気分になる。

だが、なにも知らないままでは可否は下せない。

俺は怯《ひる》みつつ尋ねる。

「それで、お願いというのは？」

「これは、あなたにしか頼めないお話。どうか、わたしからの勅《ちょく》として、依頼を受けてほしいのです」

「な、内容はどういったものでしょう？」

「難しいことではありません。元テンバス領の官吏《かんり》に赴任《ふにん》してほしいのです」

……えっ？　と俺はしばし固まる。

官吏といえば、国家に直接仕える上位職の役人だ。

以前、王に謁見した際には、冒険者を続けていたいという理由で貴族の身分の叙勲《じょくん》を断ったはず。

そこへきて、次は役人になれとは……

突然の依頼に、俺が絶句していると、ノラ王女が話を続ける。

「大丈夫。難しい公務をしてほしいわけじゃないですから。あなたには、ダンジョンの調査と町の警護を行ってほしいんです。それでしたら、今の冒険者稼業《かぎょう》の延長線上のお話だと思いますが」

「……調査と警護、ですか」

「はい、もちろん事務仕事や街の政治も一部は割り振られるでしょうけど。メインの依頼はそこではないです……あなたも、知ってらっしゃいますでしょう？　ダンジョンが今も、各地で新たに発生していること」

それくらいは、もちろん知っている。

発生の理屈はいまだに解明されていないが、年々少しずつ増えているのは冒険者にとっての基礎知識だ。冒険者登録を前に、研修で学ぶ項目である。

「存じていますが、それが何か？」

「そのいわば未開のダンジョンが、旧テンバス領でも多く発見されているらしいのです」

「旧テンバス領で、ですか」

「はい。テンバスはその事実をこれまで隠蔽《いんぺい》しておりました。彼らが捕まったことで、表沙汰《おもてざた》になったのですが……臭うとは思いません？　何か秘密があるかも」

言葉とは裏腹に、ノラ王女の声には確信めいたものがあった。

彼女は、しずしずとした足取りで壇の上へと戻っていく。

降りてきたのは、どうやら俺に圧をかけるためだったらしい。

やはり、ただ大人しい飾り物の王女ではない。そして、単に人間のできた素晴らしい人というわけでもない。

有力貴族に従順なふりをしていたのも、処世術《しょせいじゅつ》の一つなのだろうか。

ノラ王女は再び背もたれのやたら高い、立派な椅子に座ると口を開いた。

「旧テンバス領は、ひとまず国の管轄《かんかつ》になっています。ただ、いまだに街の混乱は続いていて、荒れ果てている場所もあると聞きました」

「そんな中に未開のダンジョン……」

「危険さはお分かりいただけるでしょう？」

発生したばかりのダンジョンは、当然だが開拓されていないし、中の調査も不十分な場所だ。

どのレベルのモンスターが潜んでいるか、何階層あるか、そういった情報も分からない。

中には、金欲しさに、勝手に侵入してしまうような蛮勇《ばんゆう》を振るう者もいるとか。

「テンバス家が、ダンジョンの発生をなぜ隠蔽し、そこでなにをやっていたか。それもまだ、全容は不明です。うかつに踏み入って、対処できなくなるのが一番困りますから、今はただ現状維持に努めています」

「……そこを調査すれば、なにか手がかりが見つかる可能性がある、と」

「はい。ですから、事情を知っていて、実力も申し分のないあなたが適任なのです、タイラー・ソリス様。今ならアリアナ・ベネット様も、一緒に官吏に任命しますよ。お姉様には身分上、役職は与えられませんが、随行《ずいこう》は構いません」

いつの間にか俺の前に戻ってきた彼女の手に握られていたのは、任命書。控えのものを含め、二通ある。

俺宛てに送られてきた手紙と同様に、王家の紋がもう押されていた。

「さて、どうされます？　判を押すか押さないか」

ノラ王女は目を細めて、ふふ、ふふ、と笑う。

逃げ道はほとんどないようなものだ。

答えはすでに決まっているも同然だったが、一つだけ聞きたいことがあった。

「あの、どうしてノラ王女の名のもとなんです？」

俺の問いに、ノラ王女が苦い顔をする。

「……痛いところをつきますね。言ってしまえば、わたしも今の立場を守らなければなりませんから。もともとテンバスに担がれていたのが、わたしです。わたしをよく思わない貴族も多い。ですから、絶対に失敗しないだろう人にお願いをして、成果を出すことで、自分の立場を確固たるものにしたいのですよ」

「それが、俺だと？」

「はい、まさに。だって、ソリス様はお姉様が信用しているくらいですからね。それで、どうされます？」

……そこまで信頼されているなら、断れるわけもなかった。

俺は受け取った小刀で指先を切り、血判《けっぱん》を押す。

俺がその紙を渡すと、ノラ王女は、もう返さないとばかりに、背の後ろへそれを隠した。

「ふふ。やはり、あなたは断りませんね」

「……マリのこと、秘密にしていただけるんですよね？」

「もちろん。王家たるもの、約束は守りますよ。信頼してくださいな。わたしも、あなたを信じますから」

その言葉とともに任命書の控えを受け取ると、俺は王城を後にしたのだった。


王女直々のご指名をいただいてしまった。

俺はいまだ実感に乏《とぼ》しい状態で、これからやることを考えた。

任務中の屋敷などは用意してくれるそうだが、引っ越し等の準備も必要である。今度はヘイヴン家にお世話になった時みたいに腰かけではすまない。

それに、まずは帰ったらアリアナたちにこの状況を説明しなくてはならない。

マリが負い目を感じないようにするためにも、ノラ王女との約束を守るためにも、彼女に脅されたことは誰にも言わないつもりだ。

それから……

そもそも公務っていったい、なにをするものなのだろう。勉強の必要があったりして。

ふとそこで、こういう話に詳しい知り合いを思い出した。

「へぇ、タイラーくんが官吏かぁ」

俺が訪ねたのは、サンタナ王国、四賢臣《よんけんしん》の一つに数えられるヘイヴン家の跡取りとなる女性——ランディ・ヘイヴン。

彼女は、屋敷の応接室で俺の報告にそう反応した。

「自分でも、まだよく分かってませんけどね」

俺は頬をかきながら、そう応える。

ランディさんは美しい見た目をしていながら、剣の腕も立つ。だが完璧に見えるようで、センスは風変わりだった。

今日も、蒼色の長い髪を猫のマスコットがついた髪留めでまとめるという、不可思議なコーディネートだ。

格式高くモノトーンで統一された一室で、彼女だけ浮いて見える。

「官吏はねー、なんかこう、お堅いことしたりするのかなぁ、たぶん。そんな感じだよ〜」

ランディさんは陽気にそう言った。

……前言撤回しなきゃだ、これ。

あまりにも、ふわっとしすぎである。これも、ランディさんらしさといえば、そうなのだけど。

「なるほど……」

「そういえば、ランちゃんもねぇ、ダンジョン調査に行くことになったんだ〜。残念ながら、違う場所だけど、山を挟んで隣町だね」

俺が官吏の仕事の一環で、ダンジョン調査をする話を切り出すと、ランディさんが思い出したようにそう言った。

「それも国からの指示ですか？」

「そ。何箇所か未開のダンジョンがあるみたいで、そのうちの一つ！　魔族が出てくるかもって話だねぇ」

深く青い瞳の奥に、闘志の火が揺れていた。

さっきまでの緩さが嘘のように、戦いの話になると容赦がなくなる。

少しの間が空き、ランディさんが口を開いた。

「それはそうと、また会えて嬉しかったよ。お願い、こんなに早く叶っちゃうなんてね」

再びランディさんが和《なご》やかな表情に戻る。

こうしてお茶をしている時はただ一人の女性だったりするから、この人は面白い。

「ぶり返しで不幸なことが起きないといいけどねぇ」

「……縁起でもないこと言わないでくださいよ」

「あはは～、大丈夫だって。魔物だろうが魔族だろうが、万に一つも負けないでしょ、タイラーくんなら、えいって倒せるじゃん」

それはそれで、妙なフラグを立てられている気がするが……未知の敵と相対するのだから、それくらい強い気持ちは必要かもしれない。

「ランディさんだって負けないですよね？」

「もちろん、勝つ気満々だよ～。じゃあ、お互い頑張ろーねっ」

彼女は握った拳を、目の前に突き出してくる。

俺は気恥ずかしさを感じながら、それに拳を合わせた。

任された以上は、やるしかない。


官吏に任命されてから、数週間が経った。

すっかりと、森がその葉の色を赤や黄に染めていた。

俺たちは馬車に乗り、赴任する町・ツータスタウンを目指す。

以前の依頼で行ったプレーリータウンほど辺境にあるわけじゃないが、距離はかなりのもの。

ホライゾナルクラウドを使わずにいけば、半日以上はかかる。

それでも、馬車での移動を選んだのは、パーティメンバーの二人だけでなく、妹のエチカや元メイドのサクラも同行していたからだった。

時間はかかるが安全だし、最善だろう。

「お、お兄ちゃん。お馬さん、結構揺れるんだね……」

エチカは、袖をぎゅっと握りこみ怯えた様子だ。

俺とアリアナでエチカを挟むように座り、向かいには、マリとサクラ。

二人はエチカとは対照的に、余裕そうだった。

マリは頭を揺らして眠っているし、サクラは乗り物酔いする気配もなく、本を読んでいる。

「大丈夫よ、エチカちゃん。落ちそうになったら、私たちが止めてあげるから」

怖がるエチカに、アリアナがそうフォローを入れる。

「うん。まぁもし落ちるとしても、そのときは俺もアリアナも一緒だから」

俺がそう言うと、エチカはがしっと俺の体にしがみついてきた。

俺としては、落ち着かせるつもりで言ったが、なぜだろう。

「あれ、逆効果だったか……？」

「ふふっ。タイラーってば、怖がらせちゃってどーするのよ」

「わ、悪い……でも、ここまで道が悪いなんてな。下見にいっとくべきだったかな」

「んー、時間もなかったし、仕方ないいんじゃない？　官吏になるなんて、誰も思わないわけだし」

王女から官吏に任命された日の夜、俺は全員に集まってもらい、事情を説明した。

いきなり地方の官吏になるなんて、皆を困らせるかと思ったが……

結果として、なんの文句も出ず、話はすんなりまとまった。

マリも、「新しい町、楽しみですわ！」などと前向きに捉えてくれた。

おかげで、こうして出立の日を迎えられたというわけだ。

その後も大きな揺れの中、俺たちの馬車での移動が続いた。

御者《ぎょしゃ》によれば、治安のよくない地域だから早く抜けたかったのだという話だった。

変な連中に襲われるくらいなら、少しの揺れはしょうがない。

俺がそう納得したところで――

「止まれや、そこのクソ馬車ァ!!」

荒々しい声が響いた。

結局、引っかかってしまったらしい。

林を切り拓いた細長い一本道ということもあり、立地的に狙いやすいのだろう。被害が多いのも分かる。

馬車から顔を出して声の方を見ると、山賊《さんぞく》らしい集団がいた。頭にはかぶりものをして、槍を手にしている。

「ど、どうしましょう、お客さん！」

御者が、慌てた声をあげ、馬も同時にいななく。

「お、お、お兄ちゃんっ！」

エチカも、恐怖が限界にきたらしい。今度は顔を俺の胸に埋めて、がっちり襟《えり》を掴んでいた。

さて、どうしよう。これでは俺が戦いに出られない。

「とりあえず私に任せてよ、タイラー」

「あら、わたくしもやりますわよっ」

俺が困っていると、アリアナとマリがそれぞれ武器を手にして、馬車を降り立った。

「マリってば起きてたの？」

「い、今さっき起きましたの。なんか、変な声がしましたから」

俺は、軽口を叩きながら出ていく二人を黙って見送る。

心配にならないわけじゃないが、あの二人ならば負けるはずがない。

なにせ超上級ダンジョンに潜れるようになって、もう半年以上だ。彼女たちの成長ときたら、目を見張るものがある。

それに、相手がどれほどの力量なのかは、だいたい見れば分かる。

とはいえ、リーダーだからって全く何もしないわけにはいかない。

「ほらエチカ、サクラと中にいれば大丈夫だから。サクラ、頼んでいいかな？」

「はい、ソリス様。ちょうど、本を読むのにも疲れてきた頃でした。エチカ様、こちらへ」

「……サクラさん！」

妹を宥め、小さなメイド様に俺は妹を預ける。

背こそ変わらぬくらいだが、サクラは全く動じていない。そのポーカーフェイスが頼もしい。

俺は立てかけていた刀を手にして、外へ出る。

その耳に、アリアナ特有の詠唱の台詞が入ってきた。

「夕立のように激しく降り注げ！『ドライビングアロー』！」

俺が彼女たちに合流する頃には、ほとんど決着がつくところだった。

水の魔力でできた光線を引き連れた一本の矢が空から落ちて、青い光が円形に降り注ぐ。

山賊たちは、それだけでもう散り散りになっていた。

「アリアナ様、少しやりすぎではありませんの？　地面が抉れて、水溜まりができてますわよ
……？」

「ま、マリの精霊補助が効きすぎたのよ！」

山賊たちを退けると、マリとアリアナが言い合いを始めた。

「いーえっ、アリアナ様がそんな大技するからですわっ」

俺、出る幕なし？　かと思った矢先、槍を構えて二人へ突き刺そうとする男の姿を視界に捉えた。

「ふ、ふざけやがって！　金持ってるだけの商人だと思ったのにぃ」

まだ残党がいたらしい。

とっさに、身体は動いていた。俺は神速で、一足飛びに、アリアナたちと山賊の間へ割って入る。

遅い突きだ、見切るのは容易い。槍のけら首を掴んで、止める。

「く、く、うぉぉ、動かねぇ‼　な、なにしやがったってんだ！」

俺は山賊の言葉に応えずに、そのまま穂先を粉々に砕く。

指先に風魔法を宿せば、鉄くらいならば切れるのだ。

よほどの職人が手掛けた武器でない限りは、そう難しい話でもない。

「もし、二人に手を出したらただじゃおかないぞ」

俺は目つきを鋭くして、男を睨みつける。

ひぃん、と男の悲鳴が小さく聞こえた。

……襲いかかってきたくせに、怯えるのやめてくれない？　俺が悪者みたいになるから。

「く、くそっ、こうなりゃ一発だけでも」

俺が男から目を離すと、やけになったのか、彼は槍を手放し、今度は胸ぐらを掴みにかかる。

こんなときは体術を生かすべきだ。

相手の肘と自分の肘をつけてやることで、簡単に逃れられる。

それから相手の死角に入ったところで、刀を抜き、俺は男の首元を峰打ちにした。

山賊の残党が膝から崩れ落ちた。

「ありがとう、タイラー。でも、あれくらいなら避けられたけどね」

「そうですわよ。なんのことはありませんの」

アリアナとマリの二人が、口々に言う。

「余計な助太刀だったな。ま、無事でよかったよ」

俺はにっこり笑いかけながら、意識をなくしているらしい山賊男のそばへとしゃがんだ。

「ソリス様、どうするんですの？　その髭もじゃ」

マリの問いかけに俺は応える。

「……うーん、このまま放置するわけにもいかないし。寄り道して、この地域を担当している警ら隊のところまで連れていこうか」

一応、俺も官吏になったわけだし、放置するわけにもいかないだろう。

「どこか、この辺りにある街に寄ってもらえますか？」

俺は、馬車の御者に尋ねる。

「そりゃ、旦那、構いませんが、そこの水溜まりをどうにかしてくれないと、そもそも馬が怖がって通れませんぜ」

「あぁ、それくらいならお安い御用ですよ」

俺は剣を抜き、魔力を研ぎ澄ませていく。

難度の高い技を使うには、この純度が大切だ。質を疎かにしては、強力な魔法は使えない。

日々の実戦の甲斐あって、俺は高品質な魔力を短時間で生むことが可能になっていた。

「『ツリーズリーディング』！」

水魔法と土魔法の融合で俺が手に入れた、木属性魔法を用いる。

魔法で生み出した木々が水溜りの上に新たに道を作っていく。

ついでに、先に続く凸凹《でこぼこ》道も舗装《ほそう》してしまう。

本来なら長距離の道を作り出せるようなものではないが、うん、我ながら道の質は上々だ。

「普通、道を丸ごと作っちゃう……？　やっぱり、タイラーってあっさり常識のハードルを超えてくるわよね、」

「まったくですわ。どんな魔力があったら、こんなこと」

いつも俺の魔法を目にしているはずのアリアナとマリが目を丸くする。

「な、な、なんなんですか、旦那《だんな》は!!　すげぇっ!!」

初見である馬車の御者にいたっては、興奮して声を裏返らせていた。


それから数時間ほど、幸先悪く思わぬ寄り道こそさせられたが、俺たちは無事に目的地・ツータスタウンへ辿り着いた。

官吏という立場ゆえか、町の入り口では、役人たちが隊列を組んで、俺たちを迎えてくれた。

「タイラー・ソリス様がいらっしゃったぞ!!」

「「ツータスタウンへようこそ！　英雄タイラー様!!」」

全員からの最敬礼に加えて、楽器隊による歓迎の演奏、さらにはくす玉割りまで。

その大仰さときたら、相当のものである。

マリやサクラは、元王族とそのメイドであるから、一切動じることはなく、俺やアリアナも最近のあれこれで慣れていたが、エチカは初めての体験だ。

おっかなびっくりといった様子で、俺の影に隠れていた。

そうして、町の中へと入る。

「私、てっきりもっと小さな町かと思ってたわ」

辺りを見て驚いた様子のアリアナに、俺は頷く。

「俺もだよ、アリアナ。それに、よく見えないけど活気も十分あるみたいだし。マリはどう思う……って、なにやってんの？」

「匂いをいただいてるんですわ、あぁ、この鼻に残る芳醇《ほうじゅん》さ。塩漬け鶏肉のフリットに間違いありません！　近くに屋台がありますわ！」

「いや、すげぇな。どうやったらそこまで分かるんだよ」

いかにもマリらしいが、そのペースに流されてばかりもいられない。

俺はこれから、ここで官吏になるのだ。

気を取り直して、中心地にあるという執務棟《しつむとう》兼屋敷まで案内してくれていた役人の一人に尋ねる。

「ここが、ツータスの中心街ですか」

「はい。この辺りが商店の多い通りで、さかんなのは魔導具類の販売です。近隣地域で作られたものが安く流されていて、外からの商人などでも賑わっているのです」

「なるほど……その割に人は少ないのですね」

俺は、周りを囲むようについてくる衛兵たちの隙間から町並みを覗きながら言う。

「えぇ、一部は外へ出稼ぎなどに出ていますから。それでも主要都市から離れている割には、町の規模はそれなりですよ」

誇らしそうに、案内担当の役人は鼻を高くする。

たしかに、ダンジョンができたばかりで、今のところ冒険者ギルドも置かれていない町としてはかなり栄えている方だ。

もちろんミネイシティほど美しいわけではないが、特に荒れているという様子でもない。

そんな中で気になるものが目に入った。

町の南端に建てられた存在感のある建物だ。その壁は一面真っ黒に塗られていた。

「あの住宅地の奥に見える建物はなんです？」

「あぁ、あれは倉庫ですよ。少し前まではテンバス様……おっと」

口を噤もうとする役人に、俺は続きを促した。

「構いませんよ、続けてください」

「前に領主を務めていたテンバス家が、武器などの生産に利用していた場所です。現在はあのように、家紋ごと塗りつぶし、使用しておりません」

なるほど……そういえば、テンバス家は黒色を好むのだった。

ランディさんが「趣味が悪い」と酷評《こくひょう》していたのが思い返される。

普通の町には見えるが、やはりテンバスの影響はまだ色濃いらしい。

しばらく色々と尋ねているうち、案内人の足が止まる。

周りと比して、一際高さのある建物の前だった。

「ここが執務棟でございます」

「あの、役人以外が入っても構いませんか」

「もちろん、結構でございます。お好きにお使いください。この奥に別棟があり、そこが皆様方の滞在中の宿泊場所になります」

ずっと俺の手を握っていたエチカが、興奮した様子で前へと出る。

「お兄ちゃん、すごいね、ここ……！　なんか、ヘイヴンさんのお屋敷みたい」

たしかに、立派な建物だった。年季《ねんき》は入って見えるが、持て余しそうなほどの広さがある。

「手前が執務棟で、生活用の別棟は奥にございます。外の門には、腕の立つ警備員を常に配置しておりますので安全そのものです」

「……いや、そこまでしてもらわなくても」

「いえ、そういうわけには参りません。特にテンバス家が起こした政変後の今は、どのような者があなた方を狙っているか分かりませんから」

遠慮しようとする俺に、役人はきっぱりと言い切る。これも、公務につくものの宿命だろうか。

考えてもみれば、この執務棟へ来るまでも、役人らに囲まれて護送《ごそう》されていたようなものだ。

あれも、警戒体制を敷いた結果なのかもしれない。

俺はため息をついた。

「仕方がないかぁ」

「うん。まぁ別棟に入ってこないならいいんじゃないかしら」

「そうだな。言っても聞いてくれなさそうだし」

アリアナの言葉に頷き、俺はそれ以上言わないことにした。


その後、俺たちは二手に分かれた。

エチカ、サクラには別棟で荷解きに当たってもらい、残る三人で執務棟へと入る。

俺は、かなりソワソワしていた。

冒険者としての任務ならいざ知らず、官吏としての仕事はこれが初めてだ。

なにが待ち受けているのかと緊張する中、同行していた役人が口を開く。

「では、ここでみなさまのステータスをお教えくださいませ」

「え、そんなことが必要なんですか」

俺が聞き返すと、役人が首を縦に振った。

「はい。お強いことは承知していますが、一応、有事の際の戦力の管理などもしておりますため、ご協力願います」

新しい仕事が降ってくると身構えていたから、なんだかほっとしてしまう。

それなら冒険者時代にも、ギルドに聞かれたことがある。

そういえば久しく見ていなかったが、どうなっているのだろう。

俺たちはそれぞれステータスバーを開き、それを確認していく。

「わたくしは、光属性の魔力でレベルは40ですわ！」

まずは、マリから。

うん、順調すぎる伸び具合だ。

レベル1だった頃がまだ数ヶ月前と考えれば、その成長曲線はかなり右肩上がりだ。

「私は、水属性でレベル48！　どうよ、かなりのものじゃないかしらっ」

そしてアリアナに至っては、熟練の冒険者たちを凌駕するレベルだ。

道理で、道中の山賊たちを簡単に退けてしまうわけである。

そして俺はといえば——

「全属性で、冒険者レベルはえっと……96だな」

さすがに上がりづらくはなってきたが、まだ伸び続けてくれていた。

この冒険者レベルは、モンスターなどを倒すことで段々と積みあがっていくものだが、一方で一定以上のレベルになろうと思うと、より強力な敵を倒さなければ、それ以上は上がらない。

裏を返せば、この半年ほどで順調に、俺がより強い相手を倒してきた証左《しょうさ》ともいえる。

それは二人に関しても同じだ。

「むぅ、アリアナ様にはやっぱり届きませんわね、いつも」

マリが頬を膨らませて、アリアナを見る。

「ふふっ、先輩と呼んでいいのよ？」

「それ、素敵ですわね。じゃあ試しに！　アリアナ先輩様！」

「『様』は、いらないわよ、その場合。というか、『様』をつけるならタイラーよ。また私の二倍……！　ね、半分ちょうだい？」

二人の視線が俺に集まり、アリアナが恒例のおねだりを始める。

「だから、レベルってプレゼントできるようなものじゃないからなー」

俺は、それにいつものように返す。

俺たちにしてみれば、お馴染みの一幕だったが……

「なんなんだ、この人たち……！」

俺たちのステータスを聞いた役人が目を丸くする。

「ソリス様に至っては、90越え!?　これまで会ったことすらないぞ、こんな高レベルの人！　なんだ化け物か、もしかして」

中には、恐《おそ》れ慄《おのの》いて引き気味の者もいる。

彼らはびくびくとした様子で、今度は大きな石を用意してきた。

このアイテム、過去に見たことがある。

たしか超上級ダンジョンへの挑戦を許可してもらう際、魔力量を測るために使ったものだ。

「すみません。こちらでの確認も念のためにお願いいたします」

たしか七色に光ると、かなり優秀で、石が割れればそれより上位と判定される。

最初にマリが試して四色に光らせ、それからアリアナは五色に光らせる。

前に試した時は三色だったから、レベルアップが分かりやすい。

「えっと、俺もやった方がいいですか……？」

「はい、お手数ですがお願いいたします」

前回と同じく石を壊すことを考えると、避けたい気持ちはあったが、突き出されてしまったらやらないわけにもいかない。

超控えめに、人差し指の先で石に軽く触れる。

「……そ、それだけで？」

石は簡単に割れてしまった。

場の空気が一瞬凍りつくと、役人たちの態度が変化した。

わなわな震えながらも、頭を下げる。

「さ、さ、さぁみなさま！　まずはごゆるりとお休みください！　執務に入るのは、疲れが癒えてからで結構ですからっ」

それから丁重な扱いを受け、奥まった場所にある、執務部屋へと通されたのだった。

官吏としての日々が幕を開けてから三日後。

「……なんだか持て余すなぁ」

「そうね、タイラー。書類仕事ばっかりって……こんなに弓を握らなかったのは久々よ」

俺とアリアナは若干退屈していた。

冒険者の頃とはまるで違う一日の流れ。

定時に始まり、定時に終わる。

そのまま同じ敷地内の家へと戻り、家族で団欒《だんらん》の時間を過ごして眠りにつけば、また仕事だ。

業務があろうが、なかろうが、仕事の時間は執務室にいる必要がある。

ダンジョンでモンスターと命のやり取りをしていた頃とは、勝手が違いすぎた。

「んー！　ここのお菓子は美味しいですわねっ！　はっ、朝からもう半分も食べてしまいました……」

「マリ、お菓子の試食が仕事じゃないんだぞー」

執務室に出されるお菓子を頬張るマリを、俺はやんわりと注意する。

「つ、ついですわ！　わたくしも手持ち無沙汰で、お口ばかり寂しくなって……」

実務環境も待遇も、悪くはない。

菓子もご飯も服も本も、言えばすぐさま出てくるといった、まるで貴族のような扱いだ。

ただ、仕事の内容がノラ王女に聞いていた話と違う。

街の警護やダンジョンの開拓が主で、書類仕事はあくまでついでのはずだ。

だが、ここに来てから今のところ書類仕事しかしていない。

なにか、おかしい。

ボタンを掛け違えたようなズレを、ずっと感じている。

俺が考え込みだしたところで、扉がノックされた。

アリアナが、俺の代わりに応対に向かう。

「こちら、お菓子の追加分でございます。お飲み物も、そろそろお持ちしましょうか？」

訪れたのは、警備員の一人だ。彼の言葉に、アリアナが応える。

「あら、それくらい自分で買いに行くわよ」

「いやいや、官吏様一行とあろうものがなにをおっしゃいますか。どんな買い物でも、ご入用でしたら我々に申し付けください。町の見回りついでに使い走りになります」

意気揚々《いきようよう》と、その警備員は言う。

この対応も、違和感の一つであった。初日からそうだが、なにかと世話を焼かれすぎている。窮屈《きゅうくつ》に感じるほど、いちいち気にかけられていた。書類仕事の手伝いの人たちはともかく、執務棟の警備は多すぎるほどである。

「あら！　食べても食べても減らないっ！」

大食い女王様のマリは嬉しそうだが、この状況はやはり変だろう。

その男が部屋を出ていくと、アリアナがほっとため息をつく。

「ちょっと過剰よね……おかげで町の散策にも出れない。官吏なんだから、少しくらい町並みを見たほうがいいと思うんだけど」

「うーん……俺も、ちょっと変だと思ってたところだよ」

アリアナも俺と同じ疑問を抱えていたようだ。

「そうよね。とくにさっきのなんか、かなり強引だったかも」

不自然な点はまだある。

たとえば、国から送られているはずの領主代理《りょうしゅだいり》にいまだ面会さえしていないことも、その一つだろうか。

官吏になったのだから、普通は真っ先に挨拶すべき存在であるような気がするが……

さくさくと、マリがクッキーを次々に食べる軽快な音を聞きながら、俺は結論を出した。

「よし。悩んでても事態は変わらないんだ。少し調べてみようか」

「それなら私も乗るわ！」

アリアナは、俺の隣まで戻ってきて、賛成とばかり挙手をする。しかし、すぐにその眉を顰《ひそ》めた。

「でも、どうやって？　外は警護が厳重だし、無理に外出したって調査なんてできっこないわよ」

「それなら、策はあるよ。ただ、どんな策でも騒ぐなよー」

「それ、どういう意味？」

「喧嘩《けんか》するなってこと」

俺は、丹田に魔力を集めて光属性の召喚魔法を使う。

「呼ばれて飛び出たっ！」

いつものセリフとともに現れた白猫を、俺はすぐに抱え上げて、その口に手を当てる。

自分の口元に人差し指を立て、静かにするよう促した。

マリがクッキーを咀嚼《そしゃく》するさくさくという音だけが鳴り響く。

「……？　ご主人様、なんでボクは声を潜めなきゃダメなんです？　みなさんは、さっきまで普通に喋ってたのに」

「キューちゃんが作戦の要《かなめ》だからだよ」

俺は小さい声で、キューちゃんに言う。

「あー、なるほど。そうね、悔しいけどこの状況はこの化け猫に任せた方がいいかも」

アリアナは、俺が何をしたいか理解してくれたようだ。

当のキューちゃんは、状況が呑み込めずに、きょとんと首を捻っていた。尻尾の先も同じ方向に曲がっているのが、わざとだとしても愛らしい。

俺はキューちゃんの顔を自分の顔に近づける。

そして耳元で作戦を囁いた。

万が一にも外に聞かれることはあるまい。マリの咀嚼音がうまい具合に、カモフラージュになってくれている。

「ぼ、ボクが野良猫のふりをして、情報収集……!?」

俺の説明を聞いたキューちゃんが声を潜めて言った。

「そう、キューちゃんのことは、外の彼らは知らないはずだ。窓からこそっと出れば、誰にも咎《とが》められないだろ」

「たしかにそうかもしれませんけど、ボクが野良猫……」

んー、やっぱり嫌だったか？

こうして日々接していると忘れがちだが、キューちゃんは気高い伝説の精霊獣だ。精霊というだけで尊い存在なのに、その中でもさらに上位のカーストに属するのが、我が愛猫だ。

「その女にやらせた方がお似合いですっ！」とか言って、アリアナと口論になってもおかしくない。

「無理なら別の方法考えるけど、どうかな」

キューちゃんの反応を見て、諦めつつあった俺だったが……

「ご主人様の命令ならば、何なりと！　ご主人様さえよければ、ボクはそういうのも嫌いじゃありません!!」

捉え方はともかく、二つ返事で承諾してくれた。

それから彼女は不思議な力により、可愛い青のリボンも首輪も、すっと消すと、その滑らかな白い毛を腕でくしくしとやって乱し、目もことさらキッと鋭くした。

「やるからには、絶対になりきって見せます！　にゃおっ！」

どうやら、うちの愛猫はなかなかの演技派らしい。


キューちゃんが帰ってきたのは、その夜、日を跨《また》ぐ少し前のことだった。

リビングの大窓が、こつと肉球で叩かれる。続いて、庇護欲《ひごよく》を掻き立てられる鳴き声がした。

俺はすぐ窓の鍵を開け、鳴き声の主を中へと招き入れる。

「ご主人様、ボクはばっちり任務を果たしましたよ」

精霊獣の誇りを捨て、野良猫を精一杯演じてくれていたらしい。

元に戻らない険しい目つきや、灰色にけぶった毛並みから、その努力の一端が覗く。

「よかったよ、帰ってきてくれて」

俺も気が気でなかっただけに、安堵した。

もしこのまま朝まで帰ってこなかったら、一人で夜更かしをしてでも待つ覚悟だった。

全力で労《ねぎら》ってやろうと腕を開けば、キューちゃんは大きく飛び跳ねて、俺の胸元へと飛び込んできた。

「ふふふ、これを味わえるならどんな試練もどんとこいですよっ。あぁ、これですこれ！　もっともっと！」

言っていることは可愛らしいが、悪い人相——猫相というべきか——のままであった。

だが、そんなことはお構いなしに、にゃんにゃん頬を擦り付けて甘えてくる。

頭の上に綺麗な紅葉を乗せているあたり、野良猫になってもキューちゃんはあざとい。

それを摘《つま》んで取ってから毛繕《けづくろ》いしてやる。

「お疲れ様、泥棒猫。で、なにか分かったの？」

そこへ、アリアナから茶々が入った。

紅茶をすすりながら、という片手間具合で、言葉も態度も不遜《ふそん》。

だが、なんだかんだと彼女も寝ずにキューちゃんの帰りを待っていた。

アリアナも素直じゃない。

「ボクがどれだけ頑張ったと思ってるんですか！」

「だからそれは認めるわよ。でも、余計にひっつきすぎよ」

そんなことを知らないキューちゃんが、アリアナと火花を散らし始める。

「いいんですぅ！　猫だけに許された特権ですっ」

「あんた、都合のいい時だけ猫ぶるわよね」

俺は二人を眺めて肩を竦めた。

一緒にキューちゃんの帰りを待ってくれていたマリとサクラ、エチカも困った顔をする。

こうなることは薄々分かっていたが、ここで騒ぎになって、キューちゃんの存在が知られるのも困りものだ。

マリとサクラに、アリアナたちを後ろから押さえてもらって、俺は喧嘩を止める。

「キューちゃんさんも、アリアナさんも、仲良くだよっ！」

俺に代わってエチカに、二人を叱《しか》ってもらった。

年下の少女からの言葉は、やっぱり強力らしく、争いがすんなりとやむ。

それから俺が本題に入ろうとすると、先にキューちゃんが話し始める。

「ボクが聞いた感じだと、今夜、日付が変わる頃から、町のはずれで何かをやるそうですよ」

「微妙にふわっとした話だな。そっか、確証は取れなかったか？」

「はい、きちんと警戒されていたみたいで……あ！　でも、門番の一人がこう呟いてたのは聞きました。『俺も行きたかったなぁ。今月生活きつかったし』、と」

核心に迫る情報とは言いがたいが、キューちゃんの言葉をまとめれば簡単な推理くらいはできる。

町のはずれって言ったら……真っ先に思い浮かぶのは、真っ黒に塗られたテンバス家の倉庫だ。

加えて、門番の発言から見るに、お金絡みの話だと思う。

それがなんなのか、俺たちの待遇に関係あるかは定かではないが、キューちゃんのはたらきに報いる意味でも確かめておきたい。

「少なくとも、なにか隠さなければならない催《もよお》しが行われるのは確からしいな……」

俺はそうまとめてから、キューちゃんを撫でると召喚魔法を解除する。

それから立ち上がって、剣置きに乗せていた刀を手にした。アリアナやマリも、同様に武器の手入れを始める。

やっぱり俺たちにはこっちが性に合っている。

「ソリス様、どのように行かれるのですか？　外はかなり警備が厳重ですが」

サクラの疑問はしごくもっともだが、手段を選ばなければやりようはいくらでもある。

俺はさっきキューちゃんが帰ってきた窓の外を指さす。

「仕方ないから、そこから行くよ。エチカと二人、留守番しててもらえるか？　俺たちがいないことはどうか隠し通してくれ。朝には戻るから」

「その程度であれば、お任せください。必ず隠し通します」

まったく頼もしい限り。うちのメイドは超優秀だと、色んな人に自慢したいくらいだ。

俺は窓を少しだけ開けて、アリアナにアイコンタクトする。

「恵みの雨を降らせよ、『アクアシャワー』」

まずアリアナに放ってもらったのは、局所的に雨を降らせる魔法だ。

マリの精霊による加護を受けていることで威力が増し、空高く作られた雨雲の範囲は屋敷を覆って余りあるほど広がっていく。

「なんだ、雨かよ……くそ、聞いてねぇぞ」

「おい、カッパ持ってこい！　これじゃ風邪ひいちまう」

外の警備員らがこのような会話を交わすのが聞こえてきて、俺はにっと笑う。

だが、これで終わりではない。雲が広がり、雨が降ったのだから、お次は雷だろう。

「うおおっ、今度は雷!?　一時退避だ、おめぇら！　なんたって突然こんなに天災が!?」

俺は雷属性魔法『サンダーボルト』をアリアナの雲に纏わせ、稲光りを作り出した。

当然、力はきちんとセーブしている。

こんなところで全力を使えば、一帯を焼け焦がしてしまうかもしれない。

生み出した雷を挨拶程度にあいさつ程度に木へ落として、そのうちの一本を割ってしまう。

その光景を見て、阿鼻叫喚といった門番らを尻目に、俺たちはホライゾナルクラウドを使って宙に浮く。

悠々と屋敷の敷地外へ降り立ち、三人で手首を合わせる。

「完璧ね。やっぱり私たち、いいパーティかもしれないわ」

「ですわねっ」

アリアナとマリが笑顔を見せる。

「間違いないな。ありがとう」

お揃いの魔法腕輪が、しゃらりと揺れた。

深夜のツータスタウンは静かだった。

開いている店は一つとしてなく、立ち並ぶ家々からも生活音はしない。

鈴虫の声が、町の外周を囲う山々から長く響き渡っていた。

静かなだけなら、なんの不思議もない。

だが、一つだけ違和感があった。

「……商店街に沿って、結構な数がいるみたいだな」

警備隊員が、等間隔に配置されているのだ。

夜警の巡回が一人いる程度ならばまだしも、人っ子一人通らない場所にその警備は厳重すぎるというものだ。

「二人とも、このまま隠れていくぞ」

小声で囁く俺に、アリアナ、マリがそれぞれ頷く。

この光景を見て、「なにもない」はありえないと確信する。

町外れまで続いているらしい警備隊の列を辿っていけば、必ずなにかしら答えを得られる。

俺たちは、民家の影を踏むようにして、そろりそろりと進み始めた。

警備隊たちは、油断しきっているらしく、まったく俺たちに気付く様子はなかった。

これなら、楽にたどり着ける。そう確信しかけた時であった。

「……ひゃっ、なにか顔に」

アリアナが小さく呟き、次の瞬間――

「ひ、ひっ、む、虫ぃー！」

その声が絶叫に変わった。

おいおい、それはまずいだろ！　マリも同じことを思ったようで、すぐさまそれを取り払って、マリと二人、暴れる彼女の口を覆う。

高く形のいいアリアナの鼻先に止まっていたのは、鈴虫だ。

「いま、誰かの声がしなかったか⁉」

「そこの民家の裏だ！　出歩いてやがる奴がいるみたいだ。お前ら、周りこめ！」

アリアナの声を聞いた警備隊が俺たちを探し始める。

……うん、もう手遅れだな、これ。

「ど、ど、どうしましょうっ⁉」

慌てて左右を見るマリに俺は応えた。

「言っててもしょうがない！」

近づいてくる警備隊の足音を聞きながら、足元に風属性魔法を纏わせると、俺はマリとアリアナを抱え、『神速』を発動した。瞬時に、前方にあった民家の屋根の上へと隠れる。

煙突が設置してあり、警備隊たちからはちょうど死角になっている。

「だ、誰もいない……いや、でも、確かにここから声がしたような」

「なんだ、気のせいか……？」

「念のためだ。この辺りを捜索しろ！　『参加証』を持っていない者なら、問答無用で拘束《こうそく》だ」

警備隊らがにわかに騒がしくなるなか、俺は煙突《えんとつ》に身を預け、息をつく。

無事に、ピンチを切り抜けたようだ。

それだけではなく、既に通過した後方に騒ぎを聞いた人が集中したことで、行く先の警備が手薄になった。

禍《わざわい》転じて福となす、といったところか。

「ソリス様、はじめからこうすればよかったんじゃ？」

俺の脇に抱えられたまま、マリが言う。

「……はは、かもしれないな」

風魔法は、雷魔法の次に得意な属性だ。

しかも、神速は多用してきた技であり、練度も高い。

この分なら、警備隊に見切られる心配はないと見てよさそうだ。

俺たちが軽く会話を交わしていると、虫に翻弄《ほんろう》されて目を回していたアリアナが意識を取り戻す。

状況を把握すると、アリアナが頭を下げた。

「ご、ごめんなさい。虫だけはどうしてもダメなの……って任務なのに言い訳はダメね。ごめん」

「いいよ、結局どうにかなったし。でも、二度目は勘弁な」

俺は幼馴染である彼女に、にっと笑いかける。

それから再び『神速』を駆使して、警備隊たちの目をくぐり抜け、町の南端へ向かった。

怪しいと睨んでいた黒塗りの建物の前に到着する。

「お前たちも、催しの参加者か？　なら、参加証を見せて――」

俺は、門の前を警備していた数人の首裏に、素早く手刀《しゅとう》をお見舞いする。

マリの精霊に、彼らが起きないか見張りについてもらうよう頼んでから、俺たちは建物の中へと入った。

わずかに聞こえる人の声を頼りに奥へと進んでいくと、鉄製の扉が出迎える。

少しだけ開けて中を覗くと、そこには三階分程度の高さはあるだろう大きな空間。

かなりの人数が集まっている。

中心には、十メートル四方の大きな台。その台の各辺には鉄柵《てつさく》が立てられ、鉄線が張り巡らされている。

周囲を観察していると、観客の声が耳に入った。

「早く始まらねぇかなぁ」

「ほんとな。楽しみで仕方ねぇぜ！　俺は今夜、ひと月分の給金を賭けたからな！」

「へへ、隣町から来た甲斐があるぜ。勝っても負けても楽しい催しはそうそうないってもんだ」

外の静まり返っていた様子とは打って変わって、中には熱気がこもっていた。

それは、ちょっとの隙間からでも漏れ伝わってくる。

湿度や温度による熱気というより、なにかに魅入られた者たちの醜《みにく》い欲望が生み出す熱とでも言おうか。

「……なんだよ、これ」

俺はその異様さに圧倒されて、一度扉を閉めた。

男たちの話を聞く限り、賭博《とばく》で間違いないだろう。

俺の後ろから様子を覗いていたアリアナとマリがしかめっ面をする。

「なにやってるのかしら。でも、いいことじゃなさそうなのは確かよね」

「ですわね、こそこそ隠れて賭け事だなんて……」

彼女たちが、同じような感想を抱いていたことに、俺はちょっとほっとする。

詳細を確認するため、俺は再び扉の隙間から会場の様子を探る。

ふと静まり返ったと思えば、このイベントの司会らしき男が壇上に現れた。

「さぁみなさん、もう始まりますよ！　注目してください！　みなさんで盛り上げてください！」

男は大きな声を出して、手を叩くなどの大げさな振る舞いで聴衆を煽る。

それから階上の観覧席にいた主催者らしき男の紹介を手早く済ませると、壇上に誰かを連れてきた。

片方は、髭面《ひげづら》の大柄な男。大きなノコギリを腰にぶら下げている。

そしてもう片方は……年端《としは》も行かぬような少女だ。

少なくとも、俺の位置からではそう見えた。

あんな小さな子がこの時間に、しかも見せ物にされている。

その事実だけで身体が動きそうになるが、俺は踏みとどまって息を吐いた。

「さぁ、ご存知の通り！　彼らにこれからやってもらうのは、真剣勝負だ。どちらが勝つのか、それ次第であなた方への払い戻しが決まる。ちなみに九対一で、ノコギリ男に票が集まりましたが、どうなるか」

まだだ。ここを耐えなければ真相を聞けない。

「これは、ただの勝負ではありませんよ。どちらかが死ぬまで、やります」

まだ早い。決定的な証拠をつかむまでは――

「果たしてこの男が少女を殺せるのか。良心が勝つか、命への執着が勝つか。それとも少女がその隙を突いて、この男を刺すか。極限状態での殺し合い、実に楽しみですねぇ。では、いざ尋常に……」

俺はその場で立ち上がる。ギリギリまで我慢したが、もう限界だ。

「なぁアリアナ、いいタイミングで、上に回り込んで主催者を矢で狙ってくれるか。俺がここをどうにかする」

「……どうにか、って具体的にどうするのよ、タイラー」

「壊す。勝負も賭けも。マリは、アリアナの補助を頼むな」

俺は二人に伝えて扉を開け放った。いままさに戦いの火蓋《ひぶた》が切られようとしている会場へと単身乗り込む。

神速で人の合間を縫うようにして台まで向かうと、その角を踏み台にリングの真ん中へと、着地を決めた。

「な、何者だっ！　ここは神聖な戦いのリングぞ⁉」

司会を務めていた男が、俺の登場に狼狽える。

良心と命への執着のせめぎ合いを観察することは、決して神聖ではなかろう。

俺は男を無視して、『ライトニングベール』で二人をそれぞれ保護した。

「てめぇ、何者だ⁉　ふざけんな、俺たちの賭けをどうしてくれるんだ！　余計な邪魔しやがって！」

醜い野次が客席のあちこちから飛びはじめる。

「てめぇ、ワテの賭け金どないしてくれんじゃい！　やってまうぞ！」

「そうだそうだ、邪魔者は殺してしまえ！　排除だ」

随分と不興《ふきょう》を買ったものだ。

俺は、愛刀に手をかけて、臨戦体勢に入った。

その瞬間、ぞくりと足元から震えが全身を駆け上がった。

恐怖でなくて、高揚感のようなものから鳥肌が立つ。

鍛錬こそ毎日続けていたが、実戦というのはやはり別物だ。真正面から向けられる敵意と対峙してこそ、やり甲斐があるというものらしい。

ただ、俺はそこで思い直す。

……こんな時こそ、落ち着かないとな。

心の中で燃え上がろうとする火を消すように、一つ息をついた。

それから刀身の向きを反対にして握りなおす。

いくら悪人でも、向こうが殺すつもりでかかってきても、俺にとって不殺《ふさつ》は絶対だ。

柄を強く握って魔力を伝えると、刀身をライトグリーンの光が駆け上った。

「へへっ、若造。随分自信満々なようだが、この人数相手に何もできねぇだろ！　いくぜ、『ファイアブレス』！」

「こっちからは、雷だ。食らいな、『エレキサークル』！」

リングまで上がってきた者が、左右から俺に襲いかかる。怒りばかりが込められた単調な攻撃を避けるのは、実に容易い。

身体の捻りと足運びで、その両方を避けた。

「くっ、台に刺さって抜けねぇ！」

情けなくも刀を抜こうと焦る一人の男を尻目に、斜めに刺さったその剣を足場にして魔法を放つ。

「『ツイストトルネード』！」

身体を回転させて、魔法と剣をあわせて敵を迎え撃つ。

円形の旋風《せんぷう》がどんどん大きくなっていく。

それは、ファイアブレスもエレキサークルも簡単に呑み込んだ。

「う、うわぁ!?　な、なんだ、これは！」

「風の渦!?　ま、巻き込まれるぅ！」

会場内に叫び声が響く。

この技の特徴は、他人の魔力をその内側へ巻き込むことができるため、威力が衰えずに増していく点だ。

より強い魔力に触れれば打ち消されるが、今のように多人数が魔法を放つ状況にはうってつけだった。

俺は地面に着地して、すぐに構え直す。

「あー……やりすぎたか？」

だがすぐに刀を下ろして、目の前の光景を見た。

その場にいた者の大半が、積んであった木箱などと共に風に巻き上げられたのか、壁際まで押しやられていた。

壊れた武器や道具からは木屑《きくず》や鉄片が、ヒビの入った土壁からは砂塵《さじん》が舞い上がっている。

どうやら一瞬で、会場のほとんどを制圧できたようだった。

天井に吊るされていた魔導照明の一部が、床へ落ちてしまったこともあって、辺りは暗く、視界がかなり利きにくくなっていた。

荒らすのはもう十分だろう。

そう判断した俺は、ツイストトルネードに使っていた魔力を遮断する。

暴風がその姿を消すのにあわせて、俺は身体の内側で魔力を水属性へと切り替えた。

「『ウォーターフォールン』！」

剣を宙へ連続で地面に振り下ろすことにより、水の塊を降らせる。

煙たい空気を浄化するためだ。

その用途だけなら、アリアナの使うアクアシャワーが最も効率がいいかもしれないが、俺には彼女ほど水を繊細に扱いきれない。次善の策だが、今回ばかりは加減できないのが功を奏した。

「風が止んだと思ったら、今度は雨!?　ここは室内だぞ！　くそっ！　身動きが取れねぇ」

「そんなレベルじゃねぇだろ、これ！　いてぇ、腹がやられたっ！　まるで、丸太が降り注いできてるみてぇだっ」

アクアシャワーの威力では難しいだろう、逃げ出そうとした参加者の足止めにもなったからだ。

あまりの阿鼻叫喚《あびきょうかん》ぶりに力を緩めたくもなるが、元を辿れば彼らが違法賭博に興じていたのが悪い。

「……あんた只者じゃねぇな。この短時間で、あの人数を制圧するだなんて」

ライトニングベールの内側で、保護した大柄な男が驚きの声を漏らす。

少女は床に座り込み、ただじっと水浸しになる場内を見つめていた。

視界がだんだん晴れていく中、俺は三度魔力を切り替えた。雷魔法『フラッシュライト』を使って場内を照らす。

「けっ、随分と面白い余興じゃねぇか」

それとほぼ同時に、不快な笑い声が建物内にこだました。

俺はすぐに剣を構え直して、声のした階上を見上げる。

「だが、その程度で我々の計画を停められると思っているなら大馬鹿ものにも程がある」

そう言って、けけけ、と笑うのは、先ほど主催者として紹介されていた平べったい顔の男だ。

そいつは、自分の周りを数人に警備させながら、観覧席の真ん中に悠然と座っていた。

明らかに想定外なはずの状況だというのに、余裕そうな表情だった。

「おめぇ、タイラー・ソリスだな？　たしか、この町に来た新任の官吏。見張りをつけていたはずだが、どうやって抜けてきた？」

「さぁ。その見張りに聞けばいいだろ。もっとも、なにも気付いてないだろうけどな」

俺は適当にはぐらかして答える。だが、それが主催者のお気に召さなかったらしい。

「つまらない答え方してんじゃねぇぞ、おめぇ！」

打って変わって柵から身を乗り出し、怒声を浴びせてくる。

「ふざけたこと言ってると、こいつらがどうなるか分からねぇよ？　おら、連れてこい！」

連れてこられたのは、縄で手足を縛られた男女数名だ。

強気な態度でいたのは、そういう理由か。

「けっけっけ。今日やる予定だった決闘は一組じゃねぇ。何組も準備させてたんだよ」

ぐったりした様子の彼らのうちの一人に、男は刀を突きつける。

俺を挑発するように、首元で刀を揺すった。

「おめぇが今日の話を全て心のうちにしまい、俺が今日得られるはずだった利益を全て弁償《べんしょう》するなら許してやらなくもない。それが仁義《じんぎ》ってもの……ってなに⁉　いないだと⁉」

男の話は、神速で移動しながら耳にしていた。

「まだ人質がいたこと、教えてくれて助かったよ」

俺は男の背後へと回り込み、斬りかかる。

しかし、脇を固めていた者たちがその攻撃を阻《はば》んだ。

「な、な、なんだと⁉　さっきまで下にいたのに、どうやってこんなところに⁉　三階席だぞ⁉」

「どうぞお逃げください、ここは私たちが！」

驚愕する平べったい顔の男に、護衛たちがそう促す。

わらわらと集まる兵たちはかなりの量だ。長槍を手にした前衛隊のせいで、簡単には近寄れない。

だからといって、ここまできて逃がすわけにはいかない。

俺が風魔法で蹴散らすことを考えた矢先――

「『ウォーターアロー』！」

どこからか飛んできた矢は、動く対象相手でも正確に命中した。

逃げ出そうとする男の足のすぐ前に、とんと刺さる。

「な、なにぃ⁉」

バランスを崩してこけかかった男の襟を二本目の矢が貫く。三の矢がちょうどその矢の後ろにぴったりと付いて、勢いを加えていた。

「アリアナ、気合い入ってんなぁ……」

彼女も俺と同じく、ここ最近の身動きが取れない状況に鬱憤《うっぷん》を溜めていたのかもしれない。

向かいの階段に立って、弓を手にした彼女の表情はどこかツヤツヤしていた。

マリの補助もあったのだろう、矢の威力は十二分であった。

男は矢に押されるように、壁に打ちつけられ、宙吊り状態になっていた。

気を失ったようで白目まで剥いている。

「お前たち。大将がのされてるけど、まだやるのか？　俺は構わないけど」

剣先に炎を纏わせ、その火力を一気に高めながら、俺は言い放つ。

「お、お、俺は戦うぞ！」

大抵の者はそれで矛《ほこ》を収めたが、一部の兵はまだ敵対しようとしている。

主人を間違えなければ、いい戦士になるだろうに。

俺は惜しく思いながらも、魔法は使わず剣技のみで兵たちを組み伏せた。

続けて、身動きを封じられていた者たちを解放していく。

「あぁ、ありがとう……！　もう今日死ぬとばっかり思っていたから、どう礼を言えばいいやら」

「ありがとうございます、ありがとうございます……！」

解放された人々が、涙ながらに礼を述べる。

どれほど過酷な状態に置かれていたかは、彼らの反応を見て察して余りあるものだった。

立ちあがろうとする彼らに、俺は手を差し伸べる。

それとほとんど時を同じくして――

なにかが迫ってくる。

そんな漠然とした感覚が、脳裏に過った。

「タイラー、後ろ！　危ないっ！」

すぐあとにアリアナが叫ぶが、俺の身体はそれより少しだけ早く反応していた。

右足を引いて反転してから、再び抜刀。飛来してきたものを撃ち落とす。

地面にからからと転がったのは、火をまとった矢だ。

「く、くそぉっ！　油断してると思ったのに！　俺の無音の矢が破られたっ！」

矢を放ったのは、先ほど俺がリングの上から蹴散らした相手の一人だ。

「この卑怯者っ！　わたくしが許しませんわっ。精霊さんたち、あの者を拘束なさい！　光の輪でめったんめっったんに縛ってくださいまし！」

アリアナの横にいたマリが、いち早く始末に当たってくれる。

俺は、火の燻る矢を少し眺めてから踏みつけて消した。

体には、これまでにない感覚が残っていた。ほんの少しだが、でもたしかに普段より早く、俺は向かいくる矢を察知できたのだ。目でも耳でも鼻でもない。もっと別の不確定ななにかが身体を動かした。

雷の奥義『ボルテックブルーム』を習得した時さえなかった感覚だ。

この感覚は失ってはいけない。そんな気がして、密かにその時のことを何度も思い返すのだった。

二章　全属性魔法使い、子持ちになる

違法決闘や賭博問題は、数日のうちに解決の目処《めど》が立った。

「昔から続く、ツータスの隠れ名物行事だったんだ！　おらぁ、テンバス様の後を継いで金儲《かねもう》けのためによ……」

例の主催者があまりに情けなく、勝手に一人で何でも喋ってくれるので、むしろ楽だったくらいだ。

主催者が名前を出した者を調べて、関わりがあると分かった者は皆ひっとらえて、刑務所に詰めてやった。

氷属性魔法『アブソリュートアイス』で刑務所の出口を固めたので、逃げられる心配もない。

この魔法は、同等以上の威力を持つ技でなければ、溶けたり砕けたりしないのだ。

手足を拘束され捕まった彼らは、見るも無惨《むざん》だった。

少なくともそのはずだったが……

「ちょっと羨ましいですわ。わたくしも同じようにしてほしいかも……ソリス様、できれば手首が軋むくらいきつーく、お縛りをお願いしますわ！　あんな感じで！」

ただ一人、そんな状況に倒錯《とうさく》した羨望《せんぼう》を抱く少女もいた。まぁ、それはいつもの話である。

「やたら具体的な要望なのが怖いからやめてくれよ」

俺は呆れながら、マリの頼みをやんわりと突っぱねる。

悪趣味すぎるというのも理由の一つだが、他にやるべきことがあったのが大きい。

知らずのうちに監視されていた今までの環境から一転、自由の身になったのだ。

となれば、最初にやるべきことがある。

マリと別れたのち俺が一人向かったのは、隣接する町の一際目を引くお屋敷だ。

「タイラー・ソリス殿。さっそくのお手柄、さすがの一言でございますぁ。私が別の領地で起きた紛争に手間取って目を離している隙に、よもやこんなことになっていようとは。大変大変、申し訳ない！」

ツータスタウン一帯の領主代行を任されている、ワンガリイ伯爵に状況報告を兼ねた挨拶に来たのだ。

ワンガリイ伯爵は、若々しい人だった。三十代前半だと言うが、五つ以上は若く見える。

そのわけは、体格の良さもあるが……

「大変大変、世話になりました。本来こちらから行くべきところ、大変大変なご足労までいただき申し訳ない！」

なによりも、その熱血っぷりだ。

ここに来る前に、彼と面識があったというマリから聞かされていたとおりだ。

そして、お屋敷の内装や調度品から想像できるとおりである。

赤のコスモスが植えられた花壇《かだん》、レンガ造りの私道、朱色《しゅいろ》に塗られた外壁、ワインレッドのカーペット……その色味は徹底して、赤系統で統一されていた。

それは、彼の服や髪色に関しても同じだ。

それから口調にも、その暑苦しさと誠実さが垣間見える。大変と言いすぎだとは思うが。

彼はご足労というが、移動には風属性魔法を使ったため、大した時間を要していない。

そこまで苦労したつもりもなかったのだが、挨拶だけで、現在進行形で疲労感がじわじわ溜まり出していた。

「いえ、ワンガリイさんも就任したばかりじゃ仕方ないですよ。今後は俺も含めて、テンバスの残党が潜んでいる可能性に気を配ればいいことですから」

「理解してくれて、大変大変助かりますよ！　元々領主じゃなかったものですから、どうもまだ慣れません。日々勉強、これからは気を配りますゆえ！」

彼は両手を机につくと、額を机に打ちつける。

何事かと思ったが、頭を下げているらしかった。

机が振動を続ける中、彼は急にがばりと顔をあげる。

「それで首謀者たちや参加者の引き渡しについてですが、私にお任せください！　国の方に必ずや話をつけ、ツータスから引き取らせます！」

そのままのトーンで、事務的な話へと入る。

いまいちしっくりこないが、マリに言わせれば、彼の通常運転らしい。

「あ、ありがとうございます」

気圧されて思わず一歩後退する。

しかし、俺はワンガリイさんの勢いに負けずに尋ねた。

「ですが、警備隊の人員が大幅に減った件はどうしましょうか？　正直かなりの人数が事件に関わっていましたから、今は部隊が手薄になってしまっています」

自分で言っておきながら、官吏らしい発言だなと思う。腹の底がこそばゆくなってくるが、それを堪《こら》えて続けた。

「現時点で隊に残っている者も、どこまで信用できるかは未知数です。早めに新しく人を入れなければ、十分な警備ができなくなります」

早急な対応が必要な状況だった。

今それを埋め合わせているのは、アリアナやマリだ。ここ数日の巡回は二人が務めてくれている。

それもあって、今日の挨拶には俺はこうして一人で来ていた。

「私もそこには頭を悩ませております。タイラーさんたちの屋敷の警護も含めると、大変大変な人数を補充する必要があるようで！」

「それなら執務棟の警備は別に結構ですよ。自分たちの身くらいなら、十分守れますから」

俺は、部屋の扉付近に立てかけていた愛刀に目を流す。

こちらとしても、監視されるのも勘弁なら、他人がいることで窮屈な思いをするのも、できれば避けたい。

そんな意図もあったのだが……

「いやぁ、大変大変さしでがましいが、そうもいかないのですよ。こちらも、国からあなたの護衛を仰せつかっている身。それに、執務室にある公的な資料も守らなければいけない。今回はテンバスの残党に内側からしてやられましたが、それはそれ。屋敷の警備隊も必須です」

ワンガリイさんの意見も、一理あった。

ただの熱血と見せかけて、きちんと物事を考えているようだ。

彼の言う通り、警備を手薄にして資料を盗まれたら、責任を問われるのは間違いなくこちらだ。

「……分かりました。警備隊は最低限置かせていただきます」

迷った末、俺は彼の意見を受け入れた。

その代わりに、一つ注文をつける。

「なら、一つお願いがあるのですが」

「というと？　聞ける限りお聞き申しますよ！」

ワンガリイさんの表情が再び優しくなる。

「せめて屋敷の警備隊は、俺たちに選ばせてほしいんです。信用できないというわけではないのですが……また外から充てがってもらって、同じような事態になると面倒ですから」

無茶な要求かもしれないが、どうしても譲りたくなかった。

そもそも俺たちがこの町に派遣されたのは、外れにある未開拓ダンジョンの調査が主な目的だ。

すぐ近くに不安があっては、いつまでも本題に取りかかれない。

ふむ、とワンガリイさんは一つ唸る。

少し渋るようにしていたから厳しいかと思ったが、俺は彼の答えを待った。

まじまじと凝視してくる視線に真っ向から応えていると、彼はおもむろにこちらへ手を差し出した。

「うむ、実は同じようなことを考えておりました。むしろ屋敷だけでなく、町の警備隊の再編成はすべてタイラーさんにお任せしたい、と」

「えっ、すべてですか」

「はい。一つお願いできないでしょうか！　私も領主として粉骨砕身《ふんこつさいしん》取り組んでいますが、手が回り切らない部分がどうしてもある。どうか、どうかお願いいたします！」

勝手に手を取られ、握り締められる。

うーん、額に汗を浮かべ懇願するワンガリイさんの表情はやっぱり暑苦しいが、申し出自体はありがたい内容だ。

「それは結構ですけど……俺でいいんですか？　そんな大役をもらって」

「もちろん！　お若いとはいえ、タイラーさんの武勇は私も大変大変よく耳にしている。警備隊の選出役には、むしろ最適な人物だとすら思いますよ！」

俺は少しの間、考えを巡らせる。

思わぬ大きな仕事がついてきたが、悪い話ではない。むしろ、警備隊の全面刷新は望むところだ。

この機に一度真っ白にしてしまえば、不安材料はなくなる。

「分かりました、そこまでおっしゃってくれるなら引き受けさせてください」

「本当ですか！　実に助かります。さすが度量が違う。大変大変な男だ、タイラーさんは！」

俺が快諾すると、ワンガリイさんは、わはは、と笑い声を上げながら晴れやかしい顔になる。

そうだ、そうだ、と言って、そこでやっと手を離してくれた。

彼が机の中を少し探って持ち出してきたのは、書類の束だ。

「では、こちらを！　一応、国直轄地における警備隊員採用のガイドラインです。大変大変長いものですが、目を通したうえで、採用を行っていただきたい！」

言葉とともに受け取ると、ずしりと腕にくる重さだった。

「では、またお手数をおかけしますが、よろしくお願い申し上げる！　近々、そちらにも伺いますゆえ！」

やっと本来の任務遂行へ向けて道筋が見えてきた。


未開拓ダンジョンの調査を始めるために、片付けるべき二つの課題。

それは、新しい警備隊の雇用と、テンバス残党に捕まっていた捕虜たちを、元いた場所へ送り返すことだ。どちらも、例の違法賭博事件の後始末である。

ワンガリイ伯爵にお会いした翌日から、俺たちはさっそく動き出していた。

警備隊の穴を埋めたうえでの追加業務である。

ここ何日かは大忙しだった。通常の書類仕事に、町の見回りや露店《ろてん》の取り締まりなどの現場作業まで。マリの食事くらい盛りだくさん。

それらをパーティ三人で分配しながら、どうにかこなす日々が続いていた。

その仕事の山が一段落した昼下がり。

「わたくしの方は、順調に進んでおりますわよ」

マリが俺に経過を報告してくれた。

彼女には、捕虜たちの身元確認と元いた街への送還をお願いしていた。

マリが説明を続ける。

「何人かは元いた場所に帰られました。ただ、中には身寄りがない子供がいたので、今は引き取ってもらう教会や孤児院を探しています」

「……少し前とはまるで別人だな」

「ん？　ソリス様ったら。わたくしは、わたくしですわよ？　立場こそ違いますが、王女だった頃は、こういった事業を促進する側でしたから。どこの教会の待遇《たいぐう》が手厚いかも把握済みですわ」

毅然とこんなことを言い切れる彼女と、つい先日、『お縛り』を要求していた少女が同一人物とは思えない。

過去が少し違っていれば、執務室のソファ席で向き合っている今の光景もありえないだろう。

俺の視線に気付いたマリが頬を赤くした。

「ソリス様？　ずいぶんお熱い視線ですわね？　照れましてよ」

「ちょっと不思議に思ってな。マリはやっぱり元王女なんだって改めて思い出した」

「ふふん。それを言うなら、現・奴隷ですわよ。いつどこで手篭めにしても許される奴隷ですわよ！」

あ、うん。でもやっぱりマリはマリだ。

呆れるような、ほっとするような感情を覚えつつ、俺はソファの背にもたれかかる。

「隙あり、ですわ」

一息ついていると、マリがえい、と飛び込むようにして俺の隣の席まで移ってくる。

「なんのつもりだよ、もしかして前に言ってた『甘える時間』ってやつ？」

「そういうことにしておきます。お仕事を頑張った分のご褒美、もらいますわね」

俺の右肩に頭を預けたと思えば、ふふふと小さく笑った。

おさげに結んだ彼女の髪が、首筋で擦れてこそばゆい。花のような甘い香りに、俺はくらりときた。ぴくりと肩が跳ねてしまう。

そんな小さな俺の反応をマリは見逃してくれなかった。

「ここ、弱いんですの？」

なにを思ったか、おさげを筆のように持って、俺の首裏をえいえい突っつきはじめた。

無垢な好奇心って恐ろしい！

「ま、マリ、もうその辺で……」

「うふふ、ソリス様。なぜでしょう、興が乗ってきましたの！」

背筋をのけぞらせると、その上にマリがのしかかってくる。目を見れば焦点が狂っているようだ。

その後も悪魔に取り憑かれたように、毛先でさわさわするのを繰り返すマリ。

そんなやり取りを交わしているうちに――

「紅茶をお持ちする時間を間違えたようです。大変失礼いたしました」

「お兄ちゃんとマリさん、仲良しだね！」

サクラとエチカが、部屋の入口からこちらを見ていた。

そういえば執務室の役人を減らしてからは、二人が給仕を担当してくれているのだった。

ありがたいのだが、今ばかりは都合が悪い。

「お兄ちゃんの膝上、私がもらっていいかな？」

無邪気にそう言い出すエチカをサクラが制止する。

「エチカ様、なりません。ここは一度退散しましょう。今は二人きりにするのです」

さっとお盆を机の上に置くと、サクラはエチカの手を取って、すぐに引き返そうとした。

「どうぞ、お気になさらず。ごゆるりと」

「待てって、サクラ！」

思いっきり誤解されているじゃないか！

「タイラー、こっちの作業も終わったわよ……って、なぁぁぁっ！」

サクラを呼び止めようとしたタイミングで、さらにアリアナまでやってきてしまった。

もうめちゃくちゃだ。

俺はなんとかマリから逃れて、彼女ら三人の前まで行き、弁解を行う。

サクラ手製の茶菓子と紅茶のおかげもあって、マリもアリアナも落ち着いたようだ。

いかに職場での自由度が高いとはいえ、一応今は執務時間中。

俺たちはそのまま仕事の話を始める。

「ね、タイラー！　警備隊採用試験の話だけど、いいかな」

アリアナが話を切り出す。どうやら彼女の用件は、これだったらしい。

「あぁ、もしかして募集してた受験者の件か。ちゃんと集まったのか？」

不安の中に、わずかな期待を滲ませて尋ねる。

警備隊の編成にしても、俺たちは準備を進めていた。

人数の少ないツータスタウン内に張り紙をしただけでは、応募が芳しくないのは目に見えていたので、馴染みのミネイシティにまで早馬を出して、元ギルド長・サラーさんにも宣伝を頼んだのだ。

「それがね……すごいのよ！　ツータスタウンだけじゃなくて、トバタウンとかミネイシティからも申し込みがあってね！」

アリアナの反応を見る限り、その結果がしっかりとついてきたようだ。

彼女が足元に置いていた頭陀袋《ずだぶくろ》から取り出したのは、たくさんの封書。

机の上で袋をひっくり返すと、目の前には封書の山ができた。

俺は大量の封筒のうち一つを何気なく手にする。

「ありがたいけど、この量。予想外すぎるな」

「そうねぇ。誇らしくもあるけど、これをまずは書類選考しなきゃいけないって考えると……」

アリアナがげんなりしていた。やる気が削《そ》がれるのも無理はない。

『憧れのタイラーさんの下で、どうしても働きたいです！　熱い思いを込めて、封を閉じます』

封筒を裏返すと、そんな言葉が記されていた。苦笑いするほかない。

思いが余って、外側にまで記してしまったらしい。

でも、それだけ熱意を持ってもらっているのだと考えれば、こちらもやる気になるというものだ。


そして数日後、警備隊の採用試験当日を迎えた俺たち。

会場としたのは、件の違法決闘が行われていた建物だ。

曰く付きではあるが、情報漏洩を阻止するための防音機能や、決闘に耐え得る建物自体の頑丈さなどを考えると、ここより優れている場所など他にない。

むしろおあつらえ向きとさえ言える。

「こうして見ると、結構な数ね！　壮観《そうかん》かも……」

アリアナが隣で息を呑む。

相当数の人間が例の吹き抜けのもとに集まり、前に立つ俺とアリアナを見ている。

五十人の採用枠に、二百人が志願してくれた。これでも、書類審査でふるいにかけた方である。

彼らの経歴や肩書などは、一通り確認済みだ。

中には、元々王城で衛兵をやっていた者も見かけた。

「タイラーさん！　あなた様の一番弟子が必ずや、この町の平和を守って見せましょう！」

……その中にはなぜか、サカキも混じっていた。

昇級試験の時に戦ってからというもの、俺に尊敬の念を送ってくるベテラン冒険者だ。

サカキは拳を突き上げて、己の存在を主張する。

だが、俺からすれば師匠になった覚えはないので、軽く手を振るだけで済ませた。

申し込みがあった時点で驚いたが、ちょっと俺に対して熱心すぎやしないだろうか。

なにもそこまで……と思いかけて、周りを見回す。

「絶対受かって、タイラーさんの弟子に！　って思ってきたけど、やっぱ多いなぁ、応募者」

「はんっ、そりゃあそうさ！　トバタウンでは、タイラーさん、アリアナさんの圧倒的速度での上級ギルド昇格は、伝説になってんだぜ？　俺も、それに憧れて申し込んだ口だ」

「あなたもか……私もだ。そもそも一目お目にかかれたことに、すでに感激しているっ！」

サカキ以外にも、俺目当てで試験に参加した人の多さが会話から窺えた。

……さすがに祭り上げられすぎでは？

やりにくい空気だが、気にしていてはキリがないので、採用試験の規定にのっとり取り仕切る。

まずは、筆記試験だ。

まさかこれほどの人数が参加することになるとは思わなかったから、準備にはかなり手こずった。

幸運だったのは、ツータスタウンは魔導具の流通量が多かった点だ。

町をかけずり回ることで、魔導印刷機をどうにか確保できた。

同じく足りなかった机や椅子は、木属性魔法で一気に錬成して調達した。

そして試験の時間が終わる。

「くそ、実技ばっかり考えてた……難しすぎだろ」

応募者たちの様子は、悲喜交々《ひきこもごも》といった感じだ。

俺は解答用紙を回収しながら、皆の様子を見回した。

用紙が集まると、採点作業へと入った。

採点は、裏でサクラとエチカが手伝ってくれた。

普段は家事をお願いしている二人だが、今回ばかりはどうしても人手が足りず、応援を頼んでいた。

ほどほどにやってくれればいい。

そう思っていたのだが……

「サ、サクラ様。私に半分いただけますか。すぐに終わらせて見せましょう」

「エチカ様。サクラさん早すぎるよ！」

目を丸くするエチカから、サクラは紙の束を自分の方へ寄せる。

うちのメイドの力量を、俺は過小評価していたのかもしれない。

表の対応をアリアナに任せて、俺も採点作業をしたが、サクラの仕事量は九で、俺とエチカが合わせて一。

声をかけるのも躊躇《ためら》われる集中ぶりであった。

俺は、サクラが採点を終えた用紙を試しに確認してみる。

早さだけでなく、正確さまできちんと兼ね備えられているのが一目で分かる丁寧な内容だった。

おかげで、あっという間に採点が終わる。

「さすがだな、サクラ。やっぱり頼りになるよ。うちの家政婦さんは」

「お役に立てて光栄です、ソリス様。こういった作業ならいくらでもお任せください」

解答用紙の束をサクラから手渡してもらう。

ふと、彼女の手のひらが黒く煤《すす》けているのがちらりと見えた。

「手、インクついちゃったみたいだな。あの早さでやってたら仕方ないか」

「お恥ずかしい限りです。すぐにすすいでまいります」

「それは面倒だろ？　ちょっとじっとしててくれ」

俺は一度解答用紙を脇に置くと、彼女の指を水魔法でさっと洗う。

もちろん風魔法による乾燥《かんそう》もセットだ。

綺麗になった手のひらを、サクラは瞬きもせずに見つめ続けていた。

大きく黒目がちな瞳はいっさい揺らがず、彼女の感情は読み取れない。

「えっと、サクラ。悪い。なにかまずいことしたか、俺」

「いいえ。ただ少し嬉しいと思ってしまったというか……その、ありがとうございました」

サクラは長い沈黙ののち、それだけ呟く。

照れていたらしいと、そこでやっと分かった。

そして俺が応えるより先に、彼女はひとりでに壁まで歩いていく。

彼女がなにをするかは察しがついている。だが、実際に頭を壁に打ち付ける光景を見ると、衝撃で空いた口が塞がらなくなった。

前々から思っていたが……本当どういう癖なんだよ、それ！

それはさておき、サクラの活躍のおかげで、午前の筆記試験は無事に終わった。

午後は筆記を通過した者のみによる実技試験だった。

まずは基礎の確認からだ。基礎実技の担当者はアリアナで、内容は俺と二人で事前に決めていた。

俺は、観客席へと上がって見学させてもらう。

アリアナが志願者たちに指示を出す。

「じゃあまずは精度から！　遠距離武器の人は遠くの的を、近距離武器の人は手前の的を、それぞれ射抜いてください！」

試験内容の一つは、射的だ。

お手本に、と彼女は青い弓を背中から取り出して構える。

「猛《たけ》き炎をも打ち破る聖なる力に応え、今こそ水の誇りを示せ、『アクアショット』！」

大衆の面前ということも気にせず、アリアナは気恥ずかしい詠唱を建物内に響かせた。

その技は、さまざまある弓技の中で、もっとも単純なもの。

水を纏った矢は、空気を切り裂いて、一直線に加速する。

そして、それは見事に、ここからでは点にしか見えないような、七十メートル以上先の的の中心を撃ち抜いた。

とんと、気持ちのいい音のあとに、会場がどよめく。

「すげぇ！　これが最高ランクパーティの弓士！　美しい！　撃ち方も、撃ち終わりも、矢の軌道も、容姿もなにもかも美しい！」

「やっべ、惚れそうなんだけど……俺の心臓も射抜かれたんだが？」

「あたし女だけど、私もちょっとぐらってきたかも。格好いい！」

応募者が賞賛を送るが、アリアナはそれらを一切気にせず、なぜか俺の方を振り返る。

そのまま片目をつむったウインクをこちらに送ってきた。

彼女が放った矢と同じく、そのウインクは威力も正確さも抜群だった。

不意を突かれたことで、どきりと俺の心拍数が跳ね上がる。

もしかしたら、ちょっと表情も崩れていたかもしれない。

それを見た彼女はくすりと笑ってから、一度大きく手を叩いた。

「さぁ、一人五射まで。順番にやっていってください！」

何もなかったように皆への説明を始める。

俺が一人ドギマギする間も、試験は順調に進んだ。

太い丸太を攻撃してもらい技の威力を測る単純なものや、投げられた水球への対応を見て動体視力を測るもの。

幅広い内容に苦戦する者もいたが、中にはかなり腕が立つ志願者もいた。

ある程度ふるいにかけたところで、応用実技――実践編へと移る。

ここからは、俺の担当だ。

内容は、ワンガリイさんにもらった大量の資料に目を通して、その中から過去のものを参考に決めていた。

俺は応募者たちを前に声を張る。

「ルールは簡単です。五人一組になっていただき、会場内に置いたいくつかのリボンのうち、どれか一つでも取れれば合格です」

大勢を相手に説明するのに慣れていない俺だったが、それを堪えて続ける。

「ライトニングベールで会場に防御壁を張りますから、どんな魔法技も遠慮なく使ってくれて構いません。ただし、俺はリボンを取られないよう立ち回ります。武器を落としたら、その時点で試験は終了とします」

「……それってもしかしなくてもぉ、タイラーさんと戦えるってことですかぁ!?」

飛んできた質問に、俺はこくりと頷いた。

「もちろん疑似《ぎじ》的にですけどね」

この試験方法を見つけた瞬間から、これを使おうと決めていた。

実戦での総合的な動きを確認すれば、その人の実力が最もよく分かる。

そして、もう一つの理由を挙げるならば、自分自身の鍛錬を兼ねていたからだ。俺は、ちょうどこの会場で得た、背後から飛んできた矢を察知した際のあの感覚を物にしたいと考えていた。そのために四方八方からの攻撃に対応しなければならないこの場は最適だ。

さっそく臨時のパーティを組んでもらい、まずは一組目と対峙する。

「えっと、応募者さんの一組目対お兄ちゃん。試験始めます！　はじめぇっ！」

時間の管理を頼んでいたエチカの合図で、試験は開始となった。

可愛い妹の振り絞るような声に、うっかり気が抜けそうになるが、刀を持って気合いを入れ直す。

兄として、妹の前で格好悪いところは見せたくない。

リボンの設置場所は、かなりばらけさせていた。

五人パーティは、一人ずつが別々のリボンを狙う正攻法で挑むようだ。

視野を広くして、彼らの魔法特性を見切ってから、俺は動き出す。その間およそ数秒だ。

この思考のフローをどれだけ縮められるかが実戦の要だと俺は思っている。

「へへっ、いくらタイラー様とはいえ、五人の中に風魔法の加速を使える奴がいたら対応できまい！」

「できますよ」

本来なら俺に向けたわけではない勝ち誇ったような呟きは、男の動きを先回りしたことで完全に聞こえていた。

「えっ、なんで俺の目の前に……!?」

走りながら、男は飛び出しそうなくらい目を見開く。

まずは一人目、俺は彼が腰に提げていた短剣と盾を一薙ぎで弾き飛ばす。

俺の使う神速は、男が発動していた加速の上位互換的な技である。

彼の動きは見切っていた。

「なにやってんだ、あいつ！　ヘマしやがって。ちくしょう、なら俺が……って、なんでここに!?

さっきまであんな遠いところにいたのに」

あまりに早い脱落者に動揺して、こちらを振り向いていた一人の前まで一瞬で移動する。

背中にかけていた立派なアックスを抜かせる隙を与えず、撃破した。

「ちぃ、単純な方法じゃ行かせてくれないってことですか。そりゃあタイラーさんの試験ですもんな。そうでなくっちゃ！」

「おらたちが、タイラーさんを止めるしかねぇ！」

残りのメンバーが三人になったところで、そのうち二人が俺を目指して攻撃を仕掛けてきた。

今こそ、あのときの感覚――言うなれば、超感覚が必要かもしれない。

俺は記憶の糸をたぐろうとするが、合格へ向けて必死な彼らが待ってくれるわけもなく……

「遠慮なく行かせてもらいますよ。『デザートショット』！」

「おらも援護するさ。『フレイムスピアー』！」

魔法杖による中距離攻撃と、長槍による近距離攻撃が襲いかかる。

先に砂の塊が飛んできて視界を遮り、そこへ燃え盛る槍が迫る。

例の超感覚を取り戻そうと、眼前に迫るまであえて反応しなかったのだが、そんな場合ではなさそうだ。

この波状攻撃は油断できない。

「焼け砂の連弾、タイラーさんでも簡単には対処できまい！」

砂は目眩ましだけでなく、炎により炙《あぶ》られたことで、かなりの熱を持っていた。

まともに浴びれば、火傷は必至だろう。

俺はとっさに魔力の一部を足裏まで移し、宙へと飛び上がった。けれど、彼らは攻撃の手を止めない。

「うぅ、お兄ちゃん！　危ないっ」

エチカが審判員の仕事を忘れて不安げな声をあげた。

だが、心配はいらない。それを妹に示すように俺は焼けた砂の塊を次々に躱していく。

ただ、このまま続けていても時間を無駄にしてしまう。俺は強い風魔法を宿した斬撃で、一思いに二人の武器を吹き飛ばしてしまう。

「よし、合格はもらったぁ！」

そんな中、もう一人の受験者がリボンへと手を伸ばしていた。

他の参加者が歓声をあげる。

「合わせ技だ！　さすがのタイラーさんも大技打ったあとの体勢からじゃ、まともに魔法も……」

誰もが受験者側の勝利を確信したそのとき――

「く、くそっ。なんだ、急に手が痺れて届かねぇ。あと少しなのにっ！」

リボンを目の前にした男がそこで崩れ落ちる。

「なにもなかったのに、なんで電気が……」

「時間差の技ですよ」

俺は男の頭上で応える。

『ボルカタイム』。ヘイヴン家に伝わる雷の奥義・ボルテックブルームを習得する際に、ランディさんから教わったものだ。

この男がどのリボンを狙っているのか。最初に当たりはついていたから、隙を見てその近くに仕掛けていたのだ。

「そこまで！」

エチカの言葉で勝負が決まって、俺はゆっくりと着地する。

「……あれ、これ無理じゃない？」

一人の参加者がそう口にした途端、同意する声が瞬く間に広がっていた。

「誰が通るんだよ、この試験！」

「しかもずっと防御壁を張ったままだぜ？　規格外すぎるよ、タイラーさん。俺、ちょっとちびったわ」

「わ、私も腰抜けたかも」

静まり返る会場内。

「お兄ちゃん、すごいっ！　戦うところ初めて見たけど、格好いい！」

「さすがタイラーねっ」

エチカとアリアナだけが暢気に俺を賞賛してくれている。

……うーん、確かにやりすぎたかも？

つい戦いに夢中になってしまった。

本来の目的からすれば、臨時のパーティでとっさに作戦を考えついて、連携をとった彼らはむしろ優秀だ。

そこで、合格基準を、『戦いの中で光る部分があった人』へと変更することを応募者らに告げる。

誰からともなく、唱和するかのように、ほっと安堵する声が聞こえてきた。

次の挑戦者が威勢よくやってくる。

「ワイの出番ですぞ、師匠！　まさかまた拳を交えられるとは感慨深い。この数ヶ月、真面目に鍛えてきた成果を見せますよ！」

まさかまさかの、サカキとの再戦だった。

拳を交えたと言えるほどの戦いをした記憶はないんだが……背中をひと斬りで終わったはずだ。

前にサカキと戦ったのは、中級ギルドから上級への昇格戦。

口ではやたらと強気だったが、戦ってみればあっという間で、ものの一秒に満たなかった。

だが、過去は過去、今回は今回だ。もちろん油断するつもりはない。

「じゃあ次の組の人、お願いします！」

進行役のエチカの言葉で、サカキを含む受験者五人がフィールドであるライトニングベールの内側へと入る。

「あの時のようにはいきませんよ」

サカキは両の拳を胸の前で合わせて自信ありげだが、果たしてどれほど強くなったか。

「は、はじめっ！」

さっきよりは落ち着いたエチカの合図で、二回目の試験が始まる。

さて、どうくるか。相手の様子を窺おうと思っていたら――

「お言葉だが、サカキさん。タイラーさんの一番弟子の座は拙者がもらいうけるものなのだが」

「なんだと、若造。ワイとタイラーさんの絆を知らねぇらしいなぁ」

「あぁ知らないね。そなたみたいな軟弱そうな男が、タイラーさんの弟子であっていいわけがない！　拙者は思いあまって封筒の裏側にまで、熱い思いを書き綴るほど心酔していてだなぁ！」

なぜか仲間同士での喧嘩が始まってしまった。

いや、なにしてんの君たち。

というか、君だったのね、例の手紙の主！

呆れてつい一歩目が遅れてしまった。

「馬鹿は放っといて、合格を掴んでやるぜ！」

「おうよ！」

「任せときな！」

さっきの一戦を見ていたからか、言い合いを続ける二人以外はリボンの奪取に向かうのではなく、俺を狙ってくる。俺は三人それぞれの様子を見ながら、剣を抜いた。

今度こそ例の感覚を物にしたかった。

目を瞑り、頭の中を整理する。

彼らの所持していた武器や攻撃の属性など、目から入れた情報をリセットしようとした。

最初にあの感覚を使えた時も、弓に狙われているという前知識すらなかったのだ。

それとまったく同じ状況を作りたかった。

真っ暗な瞼《まぶた》の裏を見つめながら、肌感覚に意識をやる。

「若造、貴様ァ！　まずはお前からこのナックルダスターの餌食にしてくれよう」

「なにをぉ？　お前こそ、拙者の剣の錆《さび》にしてやろう」

「お兄ちゃん、頑張ってー！」

「力入りすぎよ、タイラー！」

……今さらだけど、頭を空っぽにするには雑音が多すぎる。

まだ言い争っている二人もそうだが、エチカやアリアナの応援も耳に入る。本来なら採用担当は応援する立場ではないはずだけど。

しかしまぁ考えてもみれば、あの時も警備兵たちとの一触即発の空気により、場は荒れていた。

であれば、場の環境に関係なくできてもおかしくないはずだ。

やろうとしていることが根本的に違う可能性もあるな、これは。

別のやり方を試そうと、俺は思いつきで光属性魔法を纏わせていく。

この属性は、マリのような支援技、キューちゃんみたいな回復といった変わり種だけでなく、攻撃にも防御にも使える万能属性だ。

「な、な、なんて煌々《こうこう》と光りやがる⁉　くそ、視界が！」

もしかしたら危険察知にも使える可能性があると踏んだのだけれど、外れ。

でも、別の効果を生んでいたらしく、俺に鎖鎌《くさりがま》を差し込もうとしていた受験者の一人が強い光に目をやられたようだった。

まずは、その一人目の持つ武器のたわんだ鎖に剣を入れることで、はたき落とす。

そのまま後の二人も同じように戦闘不能にしてしまった。

残るはなぜか喧嘩していたサカキたちだけ。

だが二人ともいつの間にか和解が済んでいたようだ。

「これで、どうだぁ！　このリーチこそ拙者の太刀よ！」

変わった口調の男が自慢の長剣を大きく振り回す。

斬る、というよりもはや鈍器で殴打してくるのに近い攻撃だ。

俺を力いっぱい狙っていると思い、足裏に風の魔力を溜め込んで飛び上がる。だが、彼の真の狙いは違った。

「結界の方か！」

男が向かう先を見て、少し裏をかかれた気分になる。

フィールドを包む結界は俺の魔力で作ったライトニングベール。

彼は初めから、俺の魔力を乱すために、それを壊すつもりだったのだ。風属性魔法により勢いを増した剣がベールを軋ませる。

これを壊されてしまうと、観客席にも攻撃が当たってしまう可能性がある。俺はやむを得ずに、魔力と意識を結界に割いた。

「タイラーさん！　今度こそ、いきますよ！」

そこへ、拳を正段に構えてサカキが突っ込んでくる。

後ろまで引いた彼の拳が、ぶわりと燃え上がった。

「これがタイラーさんを尊敬し、敬愛する者の技よ！　いくぞ、コピー技・『フレイムフィストォォ』！」

「なっ、そんな技まで⁉　それ俺の技……」

「ワイも少しはやるでしょう？　タイラーさんに惨敗して、上級ダンジョンで再会して以降、心を入れ替えたんですよ！　こそこそリボンだけ掴みにいくような真似はしません！」

……なんというか、そこまで影響を与えていたとは。

昔、アリアナに狙いをつけて喧嘩をふっかけてきた時からは考えがたい改心だ。

その思いには、こちらも拳で応えるべきなのだろう。

俺はサカキと同じ構えを取って、指先から火属性の魔力を出すと、ぐっと握りしめる。

そして俺とサカキの拳がぶつかる直前――

鼓膜を突き破るような金属音と男の声が響き渡った。

「く、くそ、こんな試験！　台無しにしてくれようっ！」

想定外のことに俺は攻撃を止めて、身体を逸らしサカキの燃える拳を回避した。

それから声のした入り口へと目をやる。

覆面を被った者が数人、おのおの武器を抜いてそこに居並んでいた。

「な、なんだ⁉」

参加者たちがざわめきだす中、そいつらは建物内へと入ってくる。

うち一人が持っている杖を掲げると、その先端から煙が出る。

「今だ、者ども！　かかれ！」

外は警備隊に守らせていたはずであるから、こんなに堂々と侵入されるとは考えにくい。

とすれば、心当たりは一つだ。

「アリアナ！　エチカとサクラを頼んだ！」

「任せてっ！」

俺は試験の中断を知らせるように、ライトニングベールを解除すると、神速で魔法杖使いのもとまで駆けた。

俺を目で追えなかった男がめちゃくちゃに杖を振るって避けようとしてくるので、動きを止めるためその足元を狙う。

「うわっ……！」

転んだ男の頭巾を剥ぐと、見たことのある顔が出てきた。

午前の筆記試験で落ちて、涙を呑んでいた受験者である。

「狙いは筆記合格者のリストか？」

「……な、なんで分かったんですか！」

「混乱に乗じて、燃やすつもりだったんだろ。分かるよ、それくらい」

彼らの魂胆《こんたん》は見え透いている。

こんな謀略を安易に実行してしまうような輩《やから》を隊に入れるわけにはいくまい。早いところ、残りの共犯者たちも退治してしまおう。

試験もまだ途中だ。

姿勢を低くして、風魔法を帯びさせた刀を後ろへ振り、勢いをつける。

神速に加えて、刀の風圧で勢いを足した、いわば『超神速』。

いつもより速く動くと、俺はもう一人を仕留めにかかろうと近付く。だが、そこで足を止めた。

「おのれぇ！　せっかくのタイラーさんとの勝負を！　フレイムフィスト！」

「拙者の太刀、受け止められるものなら止めてみろ！」

試験の最中だった二人が、すでに戦ってくれていたのだ。

他の参加者たちも加勢しているのを見て、彼らに任せることに決めた。

受験者の中には、レベルのかなり高いものもいたから、百人力だった。

おかげさまで、リストを燃やされることもなく、もちろん怪我人もなく、騒ぎはあっさり鎮圧された。

そのうえアクシデントのおかげで緊急事態に冷静に対処できる者まで見極められたのだから、結果的にはむしろこれでよかったかもしれない。

トラブルが収束すると、それからは何事もなく試験が進み、全行程を終えた。

そしてついに結果発表。

何かと縁のあるサカキはといえば……

「うげ、本当に合格させるの？」

アリアナは、合格者の発表時にそう呟いていた。

「そりゃあ最初は俺も迷うところはあったけどさ。俺たちがやり合った時と、今のあの人は本当に違うからな」

実践とアクシデントの対応を踏まえて、俺が合格とした。今の彼ならば問題ないはずだ。

「まぁそうね。内容を見た限り、文句なしだったかも。それにしても、タイラーの影響力ってほんと色んなところに波及してるのね……」

「いいや。きっかけがそうだとしても、変われたのはサカキ自身の心がけだろ」


無事に警備隊の採用試験が終わり、約一週間ほど。

彼らの引っ越しや新居の手配などを、ワンガリイさん経由で国の助力を得つつ終えたところだ。

最低限の研修も終えて、早速彼らには、街や俺たちが暮らす屋敷、勤務棟の警護を頼んでいる。

「タイラーさん、こちら異常なしです。安心してお勤めください！」

勤務棟の前ですれ違ったサカキが、俺に言う。

「その報告は拙者がしようと思っておったのに！」

そこに、隣にいた厳《いか》めしい面の男――ナバーロがかみつく。

「なにを言う。一番弟子のワイの役目だろう、どう考えても」

彼らの言い合いは試験が終わってからも、なんら変わらず繰り広げられている。

互いに相手より前に出ようと、小競り合いを続けていた。

だが、いざという時の団結力はあの戦いで見せてもらったばかりだ。

とやかくは言うまい。このやり取りも仲の良い証だと思って見守ることにした。

それよりも俺には、未解決のまま残っている問題があった。今はそちらを優先しなければ。

俺は敬礼してくる二人に対し、軽く会釈《えしゃく》をしてから、執務棟の中へと入った。

「あ、ソリス様！　お待ちしていましたわ」

部屋で待っていたマリが、肩口でおさげを跳ねさせて、こちらを振り向いた。

俺が来た途端、花が咲いたように晴れやかな顔を見せる。

「あれ、アリアナ様は？」

「警備隊への指導だな。後から来るって言ってたよ」

いつもアリアナが陣取る俺の隣の席は空いている。

その代わりと言ってはなんだけれど、マリの隣には少女が一人、ちんまりと座っていた。

床に届くか届かないかの短い足を揺らすその幼子を見るのは、初めてではない。違法賭博の現場に乗り込んだ際に助けた、決闘をさせられようとしていた女の子だ。

見た目だけで判断するなら、エチカより幼く、十歳くらいだろうか。

前は暗くて分からなかったけれど、その髪は薄紫《うすむらさき》という珍しい色合いをしている。

常に半分閉じかけた瞳は、紫紺だった。その表情はどこか達観しているようにも見える。

マリが与えたのだろう、サクラお手製のクッキーが、俺より二回りほど小さい手に握られて大きく見えた。

「……それで、身元も引き取り手も見つからなかった、って言うのはこの子のことか？」

「えぇ、そうですわ。他の方はみなさん新しい場所が見つかったのですけど。なぜかこの子だけが駄目なんです」

じっくりと話を聞けば、不思議なことが起きていたらしい。

身元はどう調べても分からなかったので、そういった捨て子のための孤児院に引き取ってもらおうとした。

そこまでは良かったのだが、一度送り届けたはずが、なぜかその話が破談《はだん》となったらしい。

マリが警備隊採用試験に参加しなかったのは、彼女の処遇にかかり切りになっていたためだ。

裏側で必死にかけずり回ってくれていて、今度こそという別の施設を見つけたという話だったけれど……

「今回もまた帰ってきてしまいました」

それも不発に終わったらしく、マリはがっくりと肩を落としていた。

「なんででしょう、分かりませんわ。無口ではありますけど、大人しい子ですし別に問題を起こすようなこともなさそうですのに。しかも、こんなに可愛らしいんですわよ？」

たぶん、ともに過ごす時間が長く情が移ったのだろう。マリはその子の頭を壊れ物に触るかのように軽く撫でる。

それを受ける少女は相変わらず表情を崩さないが、その頬はりんごが色づくように少し赤らんでいた。

俺に褒められようとして、いつも後ろをついてきていた小さかった頃のエチカを思い出して、微笑ましい気分になった。

俺は少し頬を緩める。

マリの言うとおり、とても悪人には見えない。むしろ、彼女はその悪人たちに賭けの材料として扱われていた被害者だ。

「えっと、君の名前は？」

俺はそう言って、彼女に視線を合わせる。相手を怖がらせないよう精一杯微笑みながらだ。

少女は膨れた頬のまま、極めて小さく口を開く。

「バイオレット」

端的にこれだけ言って、再び黙り込んだ。半分開いた目でじっと俺を見つめる。

まあしょうがないか、年上の知らない人にいきなり声をかけられて、愛想笑《あいそわら》いをできる方が稀《まれ》だ。

その小さな頭を見て、つい撫でたくなるが、警戒心を解いてもらうまでは、とそれも我慢した。

「見てる限り特段、変な連中と通じてる様子もなかったんだろ？」

「ええ、そんな様子は微塵《みじん》も。だからなおさら返されたのが不思議なんですわ」

たしかに謎だが、この数週間マリが必死で考えたのに分からなかった難題の答えがこの場ですぐに出ることもないだろう。

すぐに解決しなければならないのは、その原因よりもこれからのバイオレットの扱いだ。

「引き取り手がないならしょうがないよ。これもなにかの縁かもしれないし、バイオレットはしばらく俺たちで預かるってのはどうだ？」

俺が提案すると、マリが鼻息を荒くして同意する。

「まぁ。いいですわね、それ！　お部屋もちょうど余っていますし、わたくしは大賛成ですわ！」

マリも同じことを考えていたようだ。

「賛同してくれると思ったよ。さっきのマリ、母親みたいな顔してたからな」

「なっ、早いですわよ。わたくし、まだ十七ですし！　それに、わたくし奴隷ですもの。断じて母じゃありません〜」

「いや、なんで母より奴隷の方を嬉しそうに言うんだよ……！」

「ソリス様の奴隷は、わたくしだけですから。特別扱いっぽいですもの♪　それより、ソリス様こそ父親みたいな態度でしたわ。子どもへの接し方が分からなくて手探りな感じが！」

それを言うなら、とちょっとした言い合いに発展するが、俺はすぐに我に返って顔を赤くする。

どちらが父とか母とか言っていたせいで、まるで夫婦みたいな錯覚を覚えた。

俺は咳払いして、このこっぱずかしい空気を打ち消す。

「ともかく、皆に相談してみようか。手が掛からなさそうないい子みたいだし」

「はいっ」

ツータスタウンの屋敷は、かなり広く、部屋数も多い。

きっと元々は、テンバスの家臣が居住していた屋敷なのだろう。大きさで言えば、ミネイシティの家の五倍近くあった。

もちろん四賢臣の一角をなす、ヘイヴン家の屋敷と比べれば劣るが、それでも庶民《しょみん》として生きてきた俺からすれば豪華なつくりだ。

長い廊下には、使ったことのない部屋の扉がいくつも配置されている。

俺は今、その屋敷の端にある一室の前で、あぐらをかいていた。

夜は深く、普段ならばもうベッドに潜り込んでいる時間だ。

だが、今日だけは朝までここにいるつもりでいた。

扉にもたれかかりながら、俺が耳をすませて窺うのは、一時的とはいえ屋敷で預かることになったバイオレットの動向だ。

「……ま、さすがに無警戒でいるわけにはいかないもんな」

彼女は、多少無口なだけの幼い少女にしか見えないし、善良な子だとは思う。

けれど、妙な理由で各施設に受け入れられなかった事実も、無視はできなかった。

なにも、心底疑っているわけではない。万が一のための見張りだ。

手持ち無沙汰だったこともあり、刀の手入れに没頭していたその時――

「ソリス様、お茶をお持ちしました」

「えっ！　……気配なさすぎだろ、サクラ。特殊魔法かなにかか、それ」

突然耳元で囁かれて危うく声をあげそうになった俺の口を、サクラが小さな手で押さえる。

心臓が止まるかと思った。

俺は声をひそめながら、彼女に勧められるままにカップを受け取る。

「いいえ。失礼しました。元来、影が薄いもので……昔、雪の中でかくれんぼをしていて、置いて行かれたこともあります」

「それはそれで寂しいな……って、それはともかく、どうしてここが分かったんだ？」

「ソリス様の考えそうなことです。あの子を少し見張りたい。でも疑っていると、マリ様に思われたくなかった。そんなところでしょう？　それで、わざわざ隠れて一人で監視しにきた。違いますか」

ずばり言い当てられてしまった。

恥ずかしくなって、俺は思わず髪を弄る。

「鋭すぎるよ、サクラは」

「お褒めいただきありがとうございます。ですが、マリ様なら今は腕が使えませんのでこちらへ来る心配はないかと……」

「腕？　どういうことだ？」

俺が怪訝《けげん》な顔をすると、サクラは感情の読めない表情で答える。

「いや、お縛り中の部位でございます」

……いらない情報だった。聞き返したことを後悔する。

「ちなみに足先を使うことで、一人でもきつく結べて、跡がつくのでお気に入りなのだとか」

望んでないのに、さらに余計な情報まで得たせいで、微妙に絵が浮かんでしまった。

脳内に、顔を火照らせて、息を荒くしながら、紐で自らを拘束する元王女様の姿が映し出される。

俺は、動揺で刀を拭う用の布を床へ落とした。

すぐに布を拾い上げて、首を横に振った。

「うん。もうやめよう、その話は。ほらサクラも話をするならここに座って――」

そう話を切り上げようと思ったら、件の元王女がこちらへ駆けてきた。

「ソリス様ぁ～、サクラぁ～！　探しましたわ」

マリのべそをかいたような声が、夜の廊下に響き渡る。

後ろには、アリアナもいた。

お風呂上がりで就寝前ということもあって、頭の上で髪をハーフアップにしていた。

歩くたびにそれがふわふわ跳ねて可愛らしい。

だが、そんな彼女の顔にはやや疲れが見えた。

俺はサクラと一緒に、二人に向かって静かにするよう伝える。

マリがなにを訴えたかったのかは、腕を突き出す珍妙な走り方で一目瞭然だった。その腕はぐるぐると紐で結ばれている。

「いつもの趣味悪い遊びをしていたら、ほどけなくなっちゃったんだって。それで、まず私がほどこうとしたんだけど」

「アリアナの説明を聞いていると、マリが割って入る。

「アリアナ様が面白がって弄《いじ》ったせいで、余計に絡まったのですわっ！」

「それはごめんってば。でも、その後はちゃんと解こうとしたんだけどね……」

顔の前で手を合わせるアリアナ。

「申し訳ありません。わたくしとしたことが、一生の不覚……！」

マリはそう言うが、内容が内容だけに真剣に言われても反応に困る。

「やりすぎだろうよ、さすがに」

「以後気をつけますわ。だから、これをどうにかしてくださいまし」

「やれるだけはやるけどさ……」

マリにお願いされるまま、複雑に絡んだ紐に向き合う。

切ってしまえれば簡単なのだが、結ぶために使った紐はこの町では売っていない代物らしく、できれば切りたくない、とマリが言う。

アリアナに見守られながら、俺とサクラの二人がかりでその紐を解きにかかっていると、そんな静かな空気の中、マリが口を開く。

「ソリス様。もしかしてバイオレットちゃんの見張りをされていたんですの？」

「……あー、えっと」

「訂正しますわ。もしかしてじゃなくて、絶対そうですわね。じゃなきゃ、こんな場所に来ませんもの……別に私は気にしませんわ。むしろ、そう考えるのは当たり前のことですもの。それに、きっとなにも起こりませんわ」

「俺もそれを確認するためにここにきたんだ」

マリは、つくづく優しい。

元王女だとか関係なく、その言葉を本心で言える人がどれだけこの世にいるだろう。

まぁ、一人で腕を縛りあげた挙句、人に助けを求める状況でさえなければ感動していた。

絡まった紐を全員の知恵と力を合わせて、試行錯誤の末、どうにか少しずつ解いていく。

終わりが見えてきたあたりで、マリに手首を首の後ろまで持ってきてもらった。

その方が目線の位置に近く、作業がしやすいからだ。

「ひゃっ、首はちょっと……んっ」

だが、予期せぬ事態になった。紐に触れようとすると、マリの首裏に指が触れてしまい、彼女の反応のせいで作業の手が止まる。

マリは恥じらうようでいて心地よさそうにも聞こえる短い吐息を断続的にこぼして、無防備極まりない姿を俺に見せた。

彼女がのけぞることで、元々大きい胸がさらに強調される。

固定された真っ白い手首には、紐の跡が生々しく赤く浮き出ていた。

「タイラーぁ……？」

アリアナのリアクションが不機嫌そうなものへと変わる。今にも叫び出して、暴れそうだ。一方、マリは「ほどかれるのも気持ちいいかもしれません……」などと言って、新たな快感の境地を見出しかけている。

最初は、一人でバイオレットの様子を伺っていたはずが、いつの間にか、普段の居間と変わらない賑やかさになってしまった。

俺が冷静さを取り戻したその時、がたり、と部屋の中から音が鳴った。

声を潜めていたとはいえ、衣擦れの音なども四人分重なれば、それなりの音量だ。

うるさくしすぎて勘付かれただろうか。

俺はマリのことをサクラへ任せて、アリアナと二人で気付かれない程度に扉を少し開けてた。

消灯済みの室内を覗くとそこには……

「寝てるだけみたいね」

すやすやと寝息を立てて眠るバイオレットの姿。

アリアナに顔を向けて、俺は頷く。

「寝返りを打った時に、枕元の魔導灯が落ちた、ってところか」

なんてことはなかった。

バイオレットはなかなか豪快な寝相で、小さな身体はその二分の一くらいが毛布の外だ。

「ふふ、可愛いわね、こうして見ると。昔のエチカちゃんを思い出しちゃう」

「俺もちょうど思い出してたところだ」

幼馴染同士、アリアナと俺は目を見合わせてほっこりと懐かしい記憶を辿る。

その横で、マリはまだ必死で紐と格闘していた。

……なんというか、こちらの方が子どもかもしれない。

結局、バイオレットについて分かることはなく、その夜は元王女様の拘束趣味に翻弄されるだけの夜になった。


バイオレットは無害な少女だと結論付けたことで、俺にとっての懸念事項はあらかた消えた。

これでようやく、ノラ王女からの依頼に取りかかれると思った俺は、その翌日、ツータスタウン外れの林にある洞穴《ほらあな》に満を持して向かった。

そこは、自然現象で発生したものとは明らかに異なった様子だ。

周りは山の斜面に木々が林立しているのに、洞穴がある地点だけは不自然に隆起《りゅうき》しているのだ。

階層でいえば、五階層程度の大きさか。

大きさはそれほどでもないが、普段見慣れている、ギルドによって管理されたダンジョンと違って、野ざらしにされている様子だけで、なかなかの迫力があった。

未開拓のダンジョンを見上げて、俺はついつい感慨深くなる。

「……かなりの時間がかかったな、ここまで」

ここに至るまでのツータスでの日々を思い返してしまった。

「なんだか慣れないことをしすぎて、既に達成感がすごいわ」

「分かりますわ、それ」

アリアナもマリも、一仕事終えた後の清々しい表情をしている。だが、残念ながら俺たちはまだ何も成し遂げていないに等しい。

「おいおい。むしろ、これからだっての」

俺は簡易的に土砂でふさがれていた洞穴に近付き、風属性魔法をまとわせた一太刀で、それをあっさりと切り崩す。

「どんなダンジョンなのか、どのランクのモンスターが出てくるかも分からない。とりあえず俺の後ろを警戒していてくれ、二人とも」

こくりと頷く二人の顔つきに、冒険者らしい緊張感が戻ってきたのを見てから、中へと一歩を踏み入れた。

はじめに俺たちはトロールに出くわした。

出会い頭に先の尖った石を放り投げてくる。さらには、醜く肉の付いたその巨体を揺らして体当たりしようと向かってくるが、俺の敵ではない。

まず投石を横薙ぎで払うと、姿勢をかがめて一足飛びに相手の背後を取る。トロールの首元を強く打てば、それで決着がついた。

いつのまにか刀のみの戦闘力も上がっていたらしい。魔力をこめる前にのしてしまった。

いつもならこのまま通り過ぎていくのだが、ここは未開拓ダンジョンで、うっかり町にモンスターが出る危険性がある。それを見越した俺は火属性魔法によって、トロールを灰に帰しておく。

アリアナが、トロールが倒された跡に目を向けた。

「あっけなかったわね。トロール、久しぶりに見たかも。昔はよく相手にしたわよねぇ」

「あぁ、苦戦したこともあったよな。まだトバタウンにいた頃だけど」

「ってことは、その時のダンジョンを基準にすると、ここは大体中級レベルってことかしら。なーんだ、怖がり過ぎちゃったかも」

「まだそう決まったわけじゃないから、あんまり気を抜くなよ」

一体のモンスターに出くわしただけで判断するのは、時期尚早すぎるだろう。

未開拓ダンジョンが危険である所以は、なにが起こるか掴めない点なのだから。

「……そういえば、ここでわたくしたちはなにを調べるんでしたっけ。今の今までここに来ることばかり考えてて、すっかり頭から抜け落ちていましたわ」

俺の忠告にこくりと頷いてから、マリが問う。

この町に来る前に一度ざっくりとは説明していたけれど、時間がだいぶ経っている。

忘れてしまっていても仕方がない。

「んー、なにをって言ってもな……全部かな。そもそも全貌《ぜんぼう》が分かっていない空間だからな。基本情報となる出現モンスター、採取物、地形、障害物。まだいくつかあるけどそれらを日々記録して、国に報告するって感じかな」

「なるほど……！　それって実は結構重たい仕事ですわよね？」

「まぁな。継続的に調査をする必要があるから一日では終わらないし、とりあえず今日はざっくり低階層フロアだけを回って帰ろうか。日によって出現モンスターが変わるなんてダンジョンもどこかにはあるって言うし、長い目で調査しないと……って聞いてないな？」

いつの間にか、マリはフロア端にある壁の近くでしゃがんでいた。

「どうしたのよ、マリ。急に一人で駆け出して……」

アリアナは彼女の後ろについていって、膝に手をつき腰を屈《かが》める。

遠目に見た二人の様子は、遊び回る子どもとそれを心配する母親のようだった。

「こんなのが落ちてましたわ！　これもダンジョンの採取物の一つですの？」

「これって……嘘、バンダナ？」

「へぇ、バンダナってダンジョンでも採取できたのですね！　わたくしまた一つ賢くなりましたわ」

いやいや、そんなわけがない！　むしろ変な知識を覚えて馬鹿になってるよ、マリさん！

俺は慌てて二人の元へと駆け寄って、その拾得物《しゅうとくぶつ》を見せてもらう。

緑と白の格子柄をしたそれは、彼女たちが言うとおりバンダナで、人の手で縫われていた。

色のくすみ具合から見て、ここに落ちたのは最近のことではなさそうだ。

「テンバスがいた頃に、誰かがここに出入りしてたのかしらね」

「その可能性が高そうだな。調査の時にモンスターと戦って、偶然落としていったってところか」

もちろんダンジョンで盗掘していた者の所持品という線も、まだ捨てるには早い。

今も同じフロアに身を潜めていたりして——

そう考えたところで、背後にあった壁の奥から地面を擦《こす》るような音が聞こえた。

俺は咄嗟に振り向きながら立って、刀を抜く。

「大蛇のサーペントか。こっちはAランク、上級ダンジョンレベルだな」

数は三匹。絡め合わせるようにしていた体を解いて、こちらへと向かってくる。

大口を開けて、毒の滴《したた》る牙を見せつける。

一人で対処することもできただろうが、決して俺だけで戦っているわけじゃない。

「未知の領域を切り開け、折れぬ水の魂よ。『トリプルシャフト』ッ！」

大蛇から距離を取ったアリアナが、三本の矢を同時に射る。

水の魔力により矯正《きょうせい》された矢の軌道は、まるで導かれたように、三匹の大蛇の顎まで一直線に向かっていく。

だが、敵も曲がりなりにもAランクのモンスター。一撃で仕留めるには威力が及ばない。

「『スパイラルスパーク』ッ！」

俺は剣に閃光を走らせて、濡れて開いたサーペントの三つの大口に、それぞれ雷球を打ち込む。

サーペントの群れがひっくり返った。

武器をしまってから、アリアナが出した手に、俺は軽く手を合わせる。

「あぁん、お二人とも！　わたくしの出番がぁ！」

唯一、マリはバンダナに気を取られていたせいか、戦闘に参加できず、不満げにむくれていた。

「仕方ないだろ、いきなり出てきたからな。俺からすれば、バンダナを見つけてくれたマリの方がよっぽど大仕事してくれたと思うよ。少なくとも誰かの侵入はあった、ってことだしな」

「……！　じゃあ、そのはたらきの見返りとして、わたくしもそれに参加しても？」

マリの視線が俺とアリアナの合わせた手に注がれる。

「も、もちろんだっての。アリアナもいいだろ？」

マリが大声を出したのに気を取られて、すっかりくっつけたままになっていたのだった。

今さらになって、アリアナの手のひらから伝わってくる温もりが恥ずかしくなってくる。

「え、え、えぇ！　もちろんよ！」

アリアナは長い髪で顔を隠すように俯いていたけれど、赤い耳たぶまでは隠しきれていない。

俺たち二人の顔は、周囲から見たらたぶん茹で上がっているのだろう。

だが、それらを気にすることなく、マリは俺たちとそれぞれ手を合わせて満足そうにしていた。

その幼気さにうっかり和んでしまいそうになったが、この場で油断は禁物。

「……第一階層からAランクの魔物が出るとなると、超上級レベルって可能性もあるな」

侵入者の痕跡しかり、出現モンスターのばらつきしかり。

ここまで辿り着くのにも一苦労だったが、ダンジョン内の探索もまた一筋縄ではいかないようだ。

それから数日は、ダンジョン調査の日々が続いた。

少しずつだが進展もあった。

ダンジョンのランクがおよそ中級から上級程度であることや、ダンジョン内の魔素が結晶となってできる魔鉱石《まこうせき》があまり採取できないことなど、着実にその全体像が見えてきていた。

だが、出現モンスターが時間経過で変わらないか、などまだ確認できていない点も多々ある。

バンダナを見つけたことで生まれた盗掘疑惑についても、まだ明白な証拠を掴めておらず、詳細は分からずじまい。

「ソリス様。ダンジョンから帰られたところ、お疲れでしょうが、一つご相談がございます」

そしてダンジョン探索から俺たちが帰ってきたところ、サクラが俺を呼び止めた。

「別にいいよ。で、どうしたんだ、改まって」

「実は、バイオレットさんの使っていたベッドが壊れてしまったのです。その買い出しに行く許可をいただきたいと思いまして」

「……壊れた？」

「ええ、もともと、年季の入っていたこともあると思うのですが、それにくわえて、どうやら寝相がかなり悪いようで……二つの原因が組み合わさった結果、ヘッドボードが折れたようです」

あぁ、そういえば、前に見た時もとんでもなく豪快な寝方をしていたっけ。

老朽化していたベッドだったとはいえ、まさか壊すほどとは。

彼女に危険がないことは分かったばかりだが、その力は違う意味で恐ろしい。

「別にいいよ、それくらいなら許可もいらないって。今度は頑丈にすればいい話だしな。荷物多いだろうし、俺も一緒に行くよ」

「いや、そんな……お疲れのところ、お手を煩《わずら》わすわけにはまいりません。こういったことは家政婦の役割でございます。それに……」

表情があまり変わらない彼女が、珍しくほんのりと頬を赤らめる。

「男女で横並びになって買い物に出かけることを『でーと』というのだと、昔王城のメイド仲間から聞いたことがあります」

「それは基準がおおざっぱすぎるだろう……！　ただの買い物だから大丈夫だって」

「ですが、それならば私一人でも問題ありません。重くても、何回かに分けて運べば済む話です」

サクラはとにかく俺に手間をかけさせないよう気遣ってくれるが、そんな話を聞いて放っておけるわけがない。

他のメンバーは、皆自分の部屋に戻っている。バイオレットも、同じ部屋に置いてあったソファをベッド代わりにしてすでに眠っているらしい。

二人でツータスの中心街へ出ていくことにした。

「どうやら、かなりよく眠る子のようです。今日も起きだしてきたのは、昼前になってからでした」

町を歩きながら、サクラがバイオレットの近況を教えてくれた。

「どうりで顔を合わせないわけだな。寝る子は育つ……って言っても、度がすぎてるな。さっきも寝ていたし……日が暮れてすぐなのに」

「いつも、とろんとした目をされていますし、たぶんあの睡眠量は生来なのでしょう」

「あぁ、こっちまで眠くなりそうだよ」

そこで、俺たちのやり取りを遮って、行商らしい格好の男が声をかけてきた。

「そこの若いご夫婦。子育て談義もいいですが、魔導具でもお一つ買っていきませんかい？」

とんだ勘違いをされてしまっていた。

話の内容を思い返せばたしかにそれらしいが、俺はまだ十七だ。子どもがいるような年齢でもないし、そもそも夫婦でもない。

慌てて首を横に振ろうとするが――

「なに言ってんだー、行商さん。この人はこのツータスタウンの官吏、タイラー・ソリス様と、その使用人のサクラさんだぞ」

その前に通りがかった町人の一人が俺の代わりに否定する。

どうやら、民間の方まで広く名前が知れ渡っているらしい。改めて、今の立場を再認識する。

「な、なんと。こんなにお若いのに官吏様でいらっしゃいましたか」

「そうなんだよ、しかもすごい優秀な方で、本当に助かるんだ。この間も、警備隊を新しく配備してくれてな。おかげで平和に商売ができてるってもんよ」

夫婦と言われるのも恥ずかしいが、こうして予期せぬ形で自分の評判を聞くのも照れ臭さがある。

俺がぎこちなく微笑んでいると、頭上の方でわさわさと葉や枝のこすれる音がした。

風が吹いているわけでもないのだが……

何事かと思えば、サクラが近くにあった街路樹に頭を叩きつけているところだった。

もう慣れた光景だが、どうしてそういう反応をするのかの理由は分からない。

「おい。サクラ、もうその辺で」

「いけません、ソリス様。私がソリス様のお嫁に行くなどという妄想はここで打ち砕かなければ」

珍しく少し熱のこもった声とともに、木の幹へ頭が打ち付けられる。

それは、街路樹の方が砕けそうな勢いであった。


ツータスタウンは魔導具の流通がさかんであり、それを扱う商店が多い。

ざっくりとそんな認識こそ持っていたが、どこにどんな店があるかまでは細かくは把握していなかった。

俺はサクラに導かれるまま、一つの店へと入る。

「ベッドを買いにきたんじゃなかったっけか？」

俺たちがやってきたのは、いわゆる小道具屋であった。

サクラが手にして吟味しているのは、ハンマーや釘、そして木材である。

「買うとは言っておりません。修繕《しゅうぜん》、加工しようかと思っていたのですが……」

「えっ、でもさっき、ぼきりと折れたって……」

「直せる程度でございます。新たな木材に差し替えればいい話です」

サクラの言葉からは、無駄遣いしないという努力まで感じられた。

だが、「もったいない」精神にしたって行きすぎているような気がする。

「もしかして、生活資金足りてない……？　少ない予算でやりくりしているのか？」

まさかな……と思いながら、俺はサクラに尋ねた。

最近はすっかり費用の計算をサクラに任せてしまっていたから、改めて考える機会がなかった。

疑心暗鬼になった俺は急いで収支の試算をはじめる。

「いいえ、そんなことはありません。むしろテンバス退治の謝礼《しゃれい》もあって、マリ様の膨大な食費を賄った上でなお余っております。ただ、同じようなことがあって、ベッドが壊れてバイオレットさんが怪我をしたら危ないですから。ヘッドのないベッドに作り替えようかと思っているだけの話です。みなさまがダンジョンに行かれている間、私は時間も余っていますから」

サクラの言葉に、すぐはっとさせられた。

サクラは俺以上に色んなことを考えてくれている。

俺の頭が回らないようなところも含めてだ。

「ありがとうな。預かった子のことまで、しっかり考えてくれて、助かるよ」

「構いません。他にこれといって手がかかる子でもありませんし、それに放っておけない理由もあります。私も元は彼女と同じような境遇でしたから」

「辺境でマリに拾われたって話？」

「はい。年齢はもう少し上になってからでしたが。素性《すじょう》すら定かでない私とまっすぐ向き合ってくれたマリ様のおかげで今があります」

小道具屋の一角には似つかない、少ししんみりとした空気が流れる。

彼女はそこで、少し先にある棚の前へと移った。

ベッド修繕にはおよそ関係のない、洗濯物用品が並ぶ棚だった。話を切り替えたいという意思表示のつもりだろう。

「なぁ、サクラ」

俺は確認したいことがあったので、再度話を戻した。

「本当にお金はまだ余裕あるんだよな？」

「まだ疑っていたのですか。そこは本当に問題ございません。無職になっても、今の生活レベルを維持したまま数十年は暮らせるかと」

「なら、明日はちょっと贅沢《ぜいたく》しよう。バイオレットの歓迎会でもしないか？　ダンジョンも仕事も早く切り上げてくるから」

サクラから話を聞くうちに、俺はバイオレットにしっかり接することができていたかを思い返す。

ただ預かっているだけではいけない。

きちんと向き合っていくべきだと思うし、なにより俺自身がそうありたい。

俺の意図を汲んで、サクラが優しく微笑む。

「かしこまりました。準備はお任せくださいませ……羨ましいですね、バイオレットさんは」

「なんだよ藪から棒に。サクラもなにか祝ってほしかったのか？」

「いいえ、まだ幼い時分にソリス様と出会われた。そのこと自体が羨ましいのです」

そして翌日。

「……なに、これ。ごはん、おかし、たくさん」

リビングへ入ってくるなり、半分閉じていたバイオレットの瞳が、目一杯に見開かれる。

素早く瞬きをすること数回。

たぶん戸惑いの感情が大きいのだろう、半分開いていた口を閉じて、彼女は俺に目を向けると、その視線で疑問を訴えかけてくる。

「歓迎会だからな。ちょっと贅沢してみたんだ。なにを食べても飲んでもいいからな？」

俺はにこやかにそう応えたが、かくいう俺自身もついさっきまでは驚く側だった。

ダンジョンから帰ってきて、リビングに入った時には、そこはもうパーティ会場だった。

チキンやピザといった豪勢な料理に、豊富な飲み物。

さらには、飾り付けがいたるところに施された室内。

料理の一部はローテーブルに並べられていて、バイオレットの身長への配慮も感じられた。

聞けば、サクラとエチカの二人が、朝からすべての準備をしてくれたそうだ。

そのエチカが、率先してバイオレットのもとまで近寄る。

中腰になると、小さな両手にグラスを一つ握らせた。

「バイオレットちゃん。はい、どうぞ。ブドウのジュースだよ」

「……ブドウ」

「飲めるかな？　ちがうのにする？」

「ううん好き、これがいい」

可愛い俺の妹が、立派にお姉さんをしていた。

アリアナ、マリ、サクラと年上ばかりに囲まれているところばかり見てきたから、少し新鮮だ。

その妹の成長ぶりに、兄として、育ててきた身として感動していたら、サクラから耳打ちされる。

「ソリス様、そろそろ」

おっと、いけない。危うく本題を忘れるところだった。

俺は気を取り直して、グラスを高く掲げる。

中身は紅茶。まだお酒を飲むには、一つ年齢が足りない。

「バイオレット。これからどれだけの付き合いになるかは分からないけど、俺たちはもう仲間だ。だから今日も明日からも、遠慮なく過ごしてくれると俺たちも嬉しい。今日からよろしくな……ということで、えっと、乾杯！」

乾杯の挨拶を任されたというのに、我ながらぐだぐだすぎる。

「タイラー、昔からこういう音頭《おんど》取るの苦手よねぇ」

アリアナがフォローを入れてくれたことで、あたたかな笑いとともに宴が始まる。

俺はさっそく、いまだに戸惑っている彼女の横にしゃがんだ。

「なにか食べたいものとかってあるか？」

「……なんでもいい」

「そっか、じゃあ俺のおすすめはサラダだ。お野菜を多めに食べるのは健康にいいからな」

後方で「はうっ!?」と甲高い声がした。

振り返ると、銀色お下げの美少女が握ったフォークから、タレの絡んだチキンが皿に滑り落ちる。

「わ、分かってますわよ!?　あくまで主役はバイオレットちゃんですし？　わたくしは、そう。控えめに、節度をわきまえて、ちょっとだけお料理をいただこうと――」

そう弁解するマリの手には、肉がこんもり山のように積まれた取り皿がある。

それも器用に指と指の間で一枚を挟んで、二枚持ちだ。

「それのどこがちょっとなんだ？」

「ちょ、ちょっとですわ。わたくし基準では、ちょっとですのっ！　なんなら、もうちょっと載せたいくらいです」

必死に澄んだ瞳で説明するものだから、こっちが悪いことをした気分にさせられる。

まぁ、そもそもの話、別にマリの食べ過ぎを咎めたいわけではない。

むしろ――

「別に遠慮しなくていいんじゃないか？　この量、普通は六人じゃ食べきれないしな」

マリの大食いを考慮してサクラは準備しているので、たくさん食べてもらわなければ困る。

「まぁ！　ありがとうございますっ♪　お肉、お肉！　バイオレットちゃんもたくさんたくさんお食べになってね」

マリがパッと顔に明るさを取り戻す。まるで雨上がりの空に、大きな虹《にじ》がかかったみたいだ。

けろっと清々しそうな顔になり、年上面でバイオレットにも食事を勧める。

「……食べすぎ、よくない」

バイオレットから、反論の余地もないド正論を返されて、マリは喉を詰まらせ咳き込んでいた。

元王女が幼女に諭《さと》されるという世にも珍しいやり取りが見られた。

その後も、和やかな空気の中で、歓迎会は進んでいく。

バイオレットはまだ、遠慮しているようで、俺たちが話しかけなければ声も発さないし、料理や飲み物に自ら手をつけることもない。

ただじっとグラスや皿を握りしめるだけだった。

けれど、俺たちは諦めずに彼女に声をかけ続けた。

今日だけで仲良くなれるだなんて都合のいいことは端から考えていない。今日はバイオレットの心を覆う氷を溶かすための、あくまで第一歩のつもりだ。

現状、名前で呼んでもらってさえいないことを考えると……ひとまずそれがここ一カ月の目標と言ってもいいくらいだ。

そんな気持ちでいたから、彼女が自分でトングを掴み、料理を皿によそうのを見た時には、ちょっとした感動から声が出てしまった。

「タイラー、分かりやすすぎよ。気持ちは分かるけどね。この分なら順調に馴染んでくれそうね？」

アリアナと二人、その様子を離れて見守る。

すると、穏やかな空気を切り裂いて、ガシャンという鋭い音が響いた。

俺は思わず目を瞑ってしまったが、すぐに音がしたところまで駆けつける。

バイオレットが、手元に置いていたジュースのグラスを落としたらしい。

酷い割れようだった。

引いてあったクロスに青紫のシミが広がる。クロスから液体が滴り落ちるが、そんなことは後回しだ。

「バイオレット、怪我してないか？」

「……してない」

そう言いつつ、指をスカートに隠すバイオレット。多分強がりだと思うが、血が出ている様子もはっきりとは見られない。

こんな時は、どちらにせよヒールをかけておくに限る。

「呼ばれて飛び出たっ♪　久々にボクの出番ですかっ⁉」

俺はキューちゃんを召喚し、肩に乗っける。

ここ数日は、呼んだとしても、たまに話し相手になってもらうくらいで、本来の目的で呼んだのはかなり久しぶりだ。

「悪い。いきなりごめんな、いま大丈夫か？」

「ご主人様の命とあらば、いきなりだろうとなんだろうと問題なしですよ」

だが、キューちゃんにお願いするより先にバイオレットが「怪我してない」と繰り返す。その口調は少し緊張気味で、どういうわけかじりじりと後退している。

こちらへ向けた小さな手を見ると、たしかに綺麗だった。

キューちゃんにも確認してもらうが、傷一つないとのこと。

怪我がないと知った皆が安堵し、張り詰めていた場の空気が、だんだん弛緩《しかん》していく。

「とりあえず安心しました。あとはお任せください」

「うんうん、バイオレットちゃんは休んでてね」

割れたグラスの処理は、家事担当のサクラとエチカが率先して対処にかかってくれた。

「私、替えの服を探してくるわね」

「わたくしもついていきますわ。場所なら覚えていますから」

アリアナとマリはバイオレットの着替えを探しに、連れ立って出ていく。

となれば、俺に残された仕事は一つだ。

割れたグラスのそばで立ち尽くすバイオレットを、いったん部屋の端まで連れて行く。

「……ごめんなさい」

彼女は、ずっと俯いたままだ。

きめ細かい絹糸《きぬいと》みたいな紫の髪が顔を覆って、表情が見えづらくなる。

「誰だってあるよ、あれくらい。そこまで落ち込むようなことじゃないぞ」

「そーですよ、ご主人様がそう言うなら、そーですよ」

キューちゃんが挟んだ合いの手は、やや雑だったけれど、それはまぁいい。

「子どもなんだから、別に失敗してもいいんだ。誰だって最初からはうまくできないよ」

俺が励ますが、バイオレットはまだ暗い空気を漂わせている。

「……でも迷惑かけたらダメだ、って言われてた」

『誰に』という部分が気になったが、尋ねるのはやめておいた。

捨て子と考えられるうえ、違法決闘で殺されかけていた少女である。

その短い人生のほとんどが、常人には到底耐えがたい苦難に満ちていたのだ、きっと。

そんな過去に無理矢理踏み込んで、暗い感情を思い起こさせるのもよくない。

バイオレットは服の裾を強く強く握りしめていて、その足元にぽちゃぽちゃとブドウジュースの垂れる音がする。

俺は片膝をつくと、彼女の小さな手の甲にそっと触れた。

ひんやり冷え切っているのは、濡れた裾をずっと握っていたからだろう。

俺はちょっと力を込めて、その手を握った。

驚いて顔を上げた彼女の顔に、俺は微笑みを返す。

「迷惑結構だよ。これくらい、なんてことない」

「……なんで？　迷惑かけたらダメなのに？」

「そりゃー、知らない人に迷惑をかけるのはまずいだろうけどな。言ったろ？　俺たちはもう仲間なんだ。だから、いくらでもかけてくれていい。きっと皆受け止めてくれるからさ」

バイオレットは黙りこくったままだったが、裾を握る力はさっきより緩んでおり、とりあえず落ち着いてくれたのが分かった。

俺は低めの椅子を持ってきて、彼女をそこに座らせる。

少しそっとしておいた方がいいかもしれないと思い、俺はその場を離れた。

するとどういうわけか、キューちゃんがしきりに俺の頬へ顔をこすりつけてくる。

片目を瞑らざるを得ないほどの激しい甘え方で、抜けた猫の毛がふわふわと待った。

「どうした？　くすぐったいって。俺は別に怪我してないぞ」

「分かってますよ。ただ、なんというか落ち着かないんです。なんででしょう？　……あの娘に触れてから、変な感覚があって身体がゾワゾワするんです……はっ、ご主人様の手を見知らぬ小娘に奪われたからっ⁉」

「おいおい。誰にでも敵対心向けすぎじゃないか、さすがに」

「いいから撫でてください、こういうときは！　目一杯の愛で慈《いつく》しんでくださいっ」

その後、歓迎会は無事に再開。

それからのバイオレットは、輪をかけておとなしく、声をかけるのはなかなか躊躇われたのだが
……バイオレットからじっと熱い視線を注がれて、俺は彼女のそばにかがむ。

彼女が注目しているのは俺ではなく、俺が手に握ったお菓子だ。

「これが気になったのか？　食べるか？」

差し出したのは、マドレーヌ。

さっき、ダンジョンから帰ってくる際に、町の露店で購入したものだった。

受け取ってもらえなくても、たとえ無反応でもめげない。

そのつもりでいたら、彼女は少し迷ったすえに受け取り、小さくかじってくれた。

俯きながらではあるが、ほんのり笑顔も見せてくれたことに、俺はほっとする。

やっぱり心を完全に閉ざしているわけじゃない。

時間をかけて距離を縮めていこうと、改めて決意した。


――バイオレットと正面から向き合う。

その目的を達成するためには、歓迎会だけを派手にやって、後が続かないのでは意味がない。

俺は来る日も来る日も、彼女と過ごす時間を作った。

それだけではなく、ダンジョン探索やその他の仕事で街へ出るたび、土産《みやげ》を買って帰った。

バイオレットの好みがまったく読めず、手当たり次第である。

今日も、俺たちはおのおのの感性で選んだ土産を携えて家へと帰ってきていた。そんな中、アリアナがはたと気付く。

「ちょっとやりすぎたかしら……？」

「あら、そうでもありませんことよ。これくらいやってもいいと思いますわ」

アリアナとマリの意見は真っ向から食い違っていた。

ちなみに庶民派であまり物を買い与えてもらっていない俺は、若干アリアナ寄りの意見だ。

目の前にいるバイオレットの格好を見て、その思いが強くなる。

「……そのぬいぐるみ、もらってもいいの？」

彼女が今着ている、袖がフリルになった寝間着も、頭に乗せている水玉模様のナイトキャップも
俺たちが彼女に贈ったものだ。

そして彼女の口元が軽く汚れているのはたぶん、マドレーヌを食べた跡だ。

歓迎会で食べてから、よほど気に入ったらしい。

……冷静になると、うん、過剰に可愛がりすぎていると感じた。

それに、いずれ離れることを思えば、甘やかしすぎはよくない。

ただ一方で、もともと身一つで捨てられていたのだから、これくらいはいいだろうとも思う。

「うん、大事にしてあげてね。ほらほら、可愛いわんこ。わんわん！　わう～」

アリアナが腰を屈めて、まるで人形劇でもやるようにぬいぐるみの手足を動かす。

なにそれ可愛い。俺の幼馴染、天使すぎないか？

「……うん、大事にする」

受け取ったぬいぐるみを抱くバイオレットもまた、たいそう可愛らしい。

アリアナが持っている時は小さく見えたそれだが、バイオレットの手に渡ると、上半身がもこもことした綿生地に埋まるので、まるで抱き枕のように見える。

服装とぬいぐるみが合わさって、もはや寝る前の格好にしか見えない。

「帽子は寝る時だけでいいんだぞー」

俺が呼びかけると、彼女は小さな手で帽子の端をきゅっとつまんで、顔を上げた。そして俺の目を見て首を横に振る。

自分では気付いていないのだろうが、その頬は心なしか赤い。

どうやら、かなり気に入ってもらえたらしかった。

こんな姿を見せられれば、何も言えない。

帰宅後、今度はエチカの発案で、おままごとをしてバイオレットと遊ぶことにした。

あまり道具を必要とせず、また難しいルールもない。

子どもにとっては定番中の定番の遊びだ。

「昔はよくやったわよね。懐かしくなっちゃう。たしかあの頃はタイラーが旦那様役で、私がお嫁さん役……」

役割を決める少し前、アリアナは、ごにょごにょ言葉を濁して、両手で顔を覆っていた。

言われてみれば、たしかにそんなこともあった。

だが、単なる夫婦なんて簡単な設定ではなかったはずだ。

「俺は世界を股にかける冒険者で、家に帰るたびに報奨金《ほうしょうきん》をたんまり持ち帰る。アリアナはアリアナで、家事のかたわらで実は、こっそり優秀な冒険者として仕事をしてる。それでたしか……上級ダンジョンでたまたま出くわすんだよな」

「よく覚えてるわね？　そうよ、そこに強いモンスターが現れたってことにして、二人で退治しようとしてたら……って、いやなこと思い出したわ。その後はゼクトが突然割って入ってきて、中断しちゃったのよね」

アリアナが苦い顔で言うのを見て、俺は思わず噴き出す。

もうあいつの名前が出たくらいで、今さらどうとも思ったりしない。

思い出の中にゼクトや元パーティメンバーのシータがいるのは確かなのだから、それをまるごと否定する気にはなれない。

「ま、やりたいことを盛り込んだって感じだな。うちは貧乏だったから、お金が欲しかったし、親への憧れで強くなりたかったし」

「そうね。私もタイラーの横で戦えるくらい強くなりたいって思ってた。あと、その、お嫁さんっていうのも夢というか……その、えっと」

アリアナがそこで再び口ごもる。えっと、えっと、とふっくらピンク色の唇を揺らす。ちらっと上目遣いに俺を見た後、頬を朱色に染めると、そのまま黙り込んでしまった。

その素振《そぶ》りで、俺はなんとなく勝手に続く言葉を連想してしまう。心臓がどくんと跳ね始める。

「配役が決まったようですよ、お二方」

妙に甘ったるくなった空気は、サクラの一言によって強制終了する。

「仲よすぎだよ、二人とも」

俺たちの様子からやり取りを察したのか、エチカがくすっと笑うが、なおのこと恥ずかしくなって、俺は手で顔を煽《あお》いだ。

バイオレットが俺たちに与えた役割は、そんな俺たちの熱くなった頭に氷塊をぶちこんで無理に冷ますような、予想外のものだった。

「……なんでこうなる？」

「さぁ、分からないわよ。じゃなくてえっと……わんわん！　ほら、タイラーもちゃんとなりきらなきゃ。ソファ役でしょ」

バイオレットのオーダーは、アリアナが犬役。きっと、今日彼女が買ってきたプレゼントのぬいぐるみから、連想したのだろう。

マリやサクラ、エチカは、ちゃんと母や姉、妹といった役割で家族の枠に収まっていた。

……俺だけが、生き物ですらないソファだった。

別に文句を言うつもりもない。だが、これがバイオレットのやってみたいことだというなら、ソファとしての役目を全うするだけのこと。無機物になりきって目を瞑り、ただ胡坐《あぐら》をかく。

「バイオレットちゃん、のど乾いたでしょ？　マリお母さんが飲み物を入れますわよ」

「いえ、マリ様。そういったことは、私の仕事でございます」

サクラがおままごとの流れを逸脱して、普段と変わらぬ調子で言う。

「サクラ、おままごとですわよ？」

「……失礼しました。ですが、同じことでございます。母上様が動かれる必要はありません。私とエチカ様……妹君様とやりますゆえ」

サクラが慣れてなさすぎる！　母役相手に敬語を使う娘という構図をどうにかしないと、話にならない。

ついつい突っ込みたくなってしまうが、我慢だ、我慢。

アリアナが相槌のように、わんわん吠えたり、くーんと鳴き真似をしていることも、今は受け流すしかない。

頭の中であきれ返っていたら、膝上にぽふんという感触があった。

やけに温いなと思って片目を開けると、バイオレットがそこに座っていた。

「あったかい……」

彼女は小さな口元を緩めて、ぼそりとこぼす。

俺はその彼女の行動に、面食らった。

最初に会ったときの、少し目を合わせるだけで逸らされてしまう状況からすれば、大きな進歩だ。

ナイトキャップの横から覗く艶がかった紫色の細い髪が、顔の目の前にくる。

今度こそ撫でてもいいかもしれない、と思ったが、今の俺はあくまでもソファだ。

俺は衝動をこらえて、おままごとの役割に徹した。しばらくして、胸に軽い衝撃を覚える。

「寝落ちしちゃったみたいですわよ、ソリス様。もうソファ役をやる必要はありませんわ」

マリがそう教えてくれる。

そっと両目を開ければ、バイオレットが浅い寝息を立てているのが見えた。皆が周りに集まって、ほほえましく見守る。

「ただの照れ隠しだったのかもしれませんわね。本当はソリス様にお父様役をしてほしかったのかも。だって、ずっと離れませんでしたもの」

「そう思ってくれていると嬉しいけどな」

役に縛られなくていいなら、少しは……

俺は眠るバイオレットの頭を、ナイトキャップの上から静かに撫でる。

それに反応するように、彼女は俺の腕の中でくるり身体を反転させた。なにかを蹴るように、足を急に伸ばす。

その様子を見たエチカが、ハッとする。

「お兄ちゃん、バイオレットちゃんってたしか寝相が悪いんじゃ」

「そうだった……！」

妹の忠告がなければ、危ないところだった。このまま暴れられれば、俺も怪我しかねない。

俺はバイオレットを腕に抱えて、彼女の寝室へと走ったのだった。


その夜のこと。眠りへ完全に落ちて、まだ間もない頃だ。

靄《もや》がかった俺の意識の端が、ふと何者かの気配を察知した。

跳ね起きてから、枕元に立てかけていた刀へと右手を伸ばす。

それがべちっと細い腕にあたると、そこでやっとその者が俺の上に跨っていることに気付く。

敵だったなら絶体絶命だが、外から漏れてくる月の光に照らされて、うっすらと見えるのは紫色をした瞳——バイオレットの姿だった。

敵襲ではなかったことに、それから、自分が刀に手をやって、彼女に怪我を負わせずに済んだことに心底ほっとした。

せっかく心を開こうとしてくれているのに、またそれを閉ざしてしまう原因になりかねない。

「どうした、バイオレット？　いつもならもう寝てる時間だろー？」

「……眠れなくなった」

「で、ここに来たのか？　ま、そんな日もあるよな」

昔のことだけど、エチカがまだ幼いころ、彼女も何度か夜中に俺のベッドを訪れることがあった。

その理由は大雨や雷が怖いというものがほとんどだったが、なんとなく心細い、なんて日もよく俺のもとに来ていた。

かつての妹と同じ子どもらしい行動に、俺は微笑ましい気持ちになる。

「……なあ、しんどくないか、それ」

この体勢である理由はさっぱり分からない。

バイオレットは覆いかぶさるようにしつつも、俺に触れないように短い手足を突っ張っていた。

その腕はぷるぷる震えているし、俺の方も窮屈である。

半分、拘束されているみたいだ。

俺はバイオレットの両脇に手をやり、彼女を抱え持ち上げる。それから上体を起こすと、その小さな身体がちょうどベッドのへりに腰掛けるよう、慎重に下ろした。

「今日はここで寝ていくか？」

携帯型の魔導灯をつけながら尋ねると、バイオレットはじっと俺の瞳を見据えながら、首を横に振った。

どうやら、不安になって一緒に寝たいというわけではないらしい。

単に、眠れなくなったのだろう。

もしくは――と、俺は彼女とよくよく視線を合わせる。

まだ短いとはいえ、数週間はもう一緒にいるのだ。なにを求めているのか、目を見れば少しは分かるかもしれない。

「えっと、したいことでもあるなら付き合うよ」

そんな思いのもと、しばらく粘ったが、何も読み取れなかった。素直に降参すると、彼女はおもむろに、俺たちの姿が反射する窓を指す。

「外か？　外に行きたいのか？」

こくり、と小さなあごが縦に振られた。

もしかすると外が物珍しかったのかもしれない。

ここへ来てからの彼女は、基本的にずっと屋敷の中にこもりきりだ。

昼は部屋やリビングで過ごしてしていることがほとんどだとサクラに聞いているし、夜も眠っていた。

それがたまたまこうして起き出して、その好奇心がうずいたのかもしれない。

「もう冷えるからなー。ちゃんと帽子被っておくんだぞ」

俺はバイオレットともに、玄関の外へと足を運ぶ。

といっても、せいぜい屋敷の庭までだ。この時間帯に敷地外に行くのは危険だし、万が一を考えて連れていくのは控えた。

屋敷からせいぜい十歩程度。外出とまで言えないレベルだったが、それでもバイオレットには特別なものだったらしい。

横に立っているだけで、彼女から気持ちの高揚が伝わってきた。

その息は荒く、また何度もかかとを浮かしては下ろすを繰り返している。いつもは子供にしては不自然なほど落ち着き払った態度を見せるバイオレットだが、今は年相応だと感じた。

「……もういい。満足。ありがと」

数分後、彼女はそう言う。

遠慮しているわけではなさそうだ。顔を見れば、充実した様子が垣間見える。

けれど、これで終わったらもったいない。ここまでは言うなれば前菜だ。これけでお腹いっぱいになって、メインを食いっぱぐれるのはもったいない。

俺は一人、芝生《しばふ》に仰向《あおむ》けになって寝転がる。ひんやりとした地面の感触に心地よさを覚えていると、バイオレットが興味を示して、俺の真似をした。

横になったバイオレットの口から感嘆の声が漏れる。

「……わ」

どうやら、目の前に広がる景色に圧倒されているらしかった。

ツータスタウンは人口の少ない街であるため、その分、外で使われている魔導照明の数もぐっと少ない。また山々に囲まれているため、他の街の明かりがここまで届くこともない。

そのため、この街の夜空は、ミネイシティとはくらべものにならないほど、星々の輝きがしっかり見えるのだ。都会であればまず見えない、遠くの星まで目に入る。

俺は、星空にすっかり釘付けになったバイオレットを横目に見る。

こうして暗いところで見てみれば、その紫紺の瞳はまるで夜空みたいだった。

少し前まで汚いものばかりが映っていただろうその空に、今はこぼれんばかりの星が浮かんでいる。できればこれからは、あの星みたく綺麗なものをたくさん見てもらいたい。

そんな願いから、俺たちは静かに空を見上げていた。そして、あんまり長居して身体を冷やしてしまってはいけないと思った俺は、隣に声をかけた。

「バイオレット、そろそろ帰ろうか。俺も眠くなってきた」

「……それ、やだ」

駄々をこねるバイオレットを見て、俺は嬉しくなった。

こんな姿を見せてくれるとは……

だがこれで風邪をひかせたら、俺がサクラに怒られる。

「また今度連れてきてやるよ、別に明日でもいいぞ」

「違う。バイオレット、やだ」

「えっと、名前がってことか？」

「そう、別のがいい」

それは流れ星のごとく、突然降ったご要望だった。

だが、よく考えれば何も不思議はない。バイオレットという名前は、彼女を捨てた親か例の違法賭博集団によって便宜的につけられた名前のはず。苗字《みょうじ》もないし、「バイオレット」も髪や目の色の意味そのままだし、大いにありうる。

これまでキューちゃんやマリの名前を考えてきたけれど、名付けというのは慣れるものじゃない。

俺が迷っていると――

「タイラー、考えて」

彼女の言葉が俺の心を揺さぶった。

ついに、名前で呼んでくれた！　想定していなかっただけに、言われてからやや遅れて、胸が熱くなっていく。

まだ十七だが、子を持つ親の気持ちが少し分かったかもしれない。

きっと、こうしてふとした瞬間に幸せな気分をもたらしてくれるのだ。

おかげで、いい案が一つ浮かんできた。

「元の呼び名からだいぶ変わるけど……『フェリシー』ってのはどうだ？」

「……フェリシー」

「可愛いだろ？　それから、幸せとか祝福とかそんな意味もあるんだ、たしか」

今後の彼女の人生が、幸せに包まれるようにという願いもあれば、自身が幸せをもたらす存在になるようにという願いもある。

「フェリシー、いい。私、フェリシー」

どうやら気に入ってくれたようだった。


翌朝、バイオレット改めフェリシーが自分の名前の変更を発表する。

『フェリシー』という新しい名前に、反対する者はいなかった。

むしろぴったりの名前だと歓迎され、彼女は気恥ずかしそうにしつつも頬を緩ませるのだった。

かくして、『幸せ』の申し子となったフェリシーだったが、それから数日、その改名のおかげか定かではないが、幸せが舞い込んだ。

屋敷に届いたのは、宛名さえ書かれていない一通の手紙だった。

食事終わりの席で、サクラがそれを黙読してから俺に声をかける。

「どうやら、事件についての情報のようでございます。なんでも、町はずれの林で妙な取引が行われているとか」

「……なんだ、朝からきな臭い話だな。そもそも、その手紙の内容の真偽自体分からないし」

「えぇ。それに、書かれている情報も、端的に時間と場所、取引物のみでございます。これでは判断できかねます」

サクラは手紙を裏返すと、こちらへと文面を見せてくれる。

たしかに、一行目以外はなにも記されておらず、他は全てが余白だった。

「……イタズラか？　いや、でも」

引っかかっていたのは、取引物として書かれていたのが、緑星石《りょくせいせき》などの魔石であることだ。

俺と同じところにアリアナとマリも気付いたらしく、顔を見合わせる。

「タイラー。あの未開ダンジョンって、たしか魔石がほとんどなかったような……」

「ですわね！　というか、採取物がほとんどありませんでしたわ」

「あぁ。取引されているのがダンジョンから盗掘された魔石だとすれば、話の辻褄《つじつま》もあってくるな」

謎の差出主による情報源不明の話。だが、無視できる内容じゃなかった。なにかの罠かもしれないが、見過ごして問題になるのも避けたかった。

「確認しない手はなさそうだな」

「よーし、じゃあ今日はカチコミねっ！」

物騒な物言いとともに、アリアナは拳を握る。

「わたくしも、やる気が出てきましたわっ」

マリもピシッと姿勢を正して、鼻を鳴らした。

二人のやる気に感化されたのか、それまでおとなしく席に着いていたフェリシーが、ちょこちょこと歩いて俺のところまでやってくる。

「私も行く」

紫紺の瞳で俺を見上げ、なにを言うかと思えば……流石に承諾できない。

「いや、行かせられないっての。家でいい子にしててくれよ」

「行く。私も戦える」

ぐっと少し眉間に皺《しわ》を寄せて、フェリシーがしかめっ面を作る。

もっとワガママになってほしいと思ったとはいえ、こればかりは聞いてあげられない。

「なにを言ってるんだよ。戦うならそうだな……トランプで戦うか？　神経衰弱《しんけいすいじゃく》とかポーカーとかどうだ」

俺は何とか話を逸らそうとする。

「……私も戦えるのに」

「分かった分かった。勇敢《ゆうかん》だな、フェリシーは」

「そう。私、勇敢。一緒に戦える」

少し嬉しそうに頬を赤らめる姿が可愛らしくて、俺は彼女の頭を軽く撫でた。

「よーし、じゃあその勇敢さは帰ってからトランプで見せてくれよ」

「トランプじゃない……違う」

「なんだ、やらないのか？」

「……やるけど」

少し無理矢理だが、俺はそう押し切ったのであった。


あちこちの店が閉まり出し、人々が寝支度を始める頃。

俺はアリアナ、マリと一緒に木陰で息を潜めていた。手紙に記されていた取引の場所から少し離れた位置だ。

正直、俺はこの期に及んでも、あの情報をまだ信じきれてはいなかったのだが……

だが、手紙に書かれた時間ちょうどになると、一人また一人と怪しげな黒い装束に身を包んだ男が現れる。

木陰から飛び出そうとする、気の早いアリアナを俺は手で止めた。

どうせ捕まえるなら、決定的な瞬間を捉えたい。

少し待っていると、怪しい会話が聞こえた。

「魔石は取ってきたんだろうな？」

「あぁ、首尾は問題ない。この場所も警備隊が巡回する範囲外だからな」

「くくっ、ならばいい。だが、最近はこの町に赴任した官吏があちこちを調査をしていると聞く。せいぜい捕まらないように気をつけるんだな」

「へっ、言われなくても分かってるっつの。あのダンジョンは、違反行為で冒険者資格を剥奪された俺たちでも入れる、唯一の場所だ。ヘマはしねぇさ」

……現在進行形で、そのヘマをやらかしているんだが。

あの手紙の情報が正しかったことをようやく理解する。

ばっちり裏取引の現場を押さえることができた。

取引が始まったところで、俺は雷属性魔法を使った。

「フラッシュライト！」

彼らの頭上に、明るい光の球体を出現させる。

「な、なんだね、この光は⁉」

「ま、眩しいっ」

男二人は、突然の事態に狼狽《うろた》えていた。

それとともに、目が眩んだらしく、その場にかがみ込む。

商人の男は、魔石の入ったボックスをひっくり返していた。

元冒険者だという男の方は、急に動いたせいか、ネックレスを絡ませてしまったようで酷く焦っている。

だが、遠慮はしない。

さらにライトニングベールで二人を囲い、逃げ場をなくす。

「ふふ、ちょっと面白いわね、この絵」

「分かりますわ。昔見た劇にあった、悪人捕縛のワンシーンみたいです」

アリアナとマリがこう評するのも無理はない。

尻餅をつき、キョロキョロする男二人の様子は、たしかに滑稽《こっけい》だった。

「くっ、官吏のタイラー・ソリスではないか!? な、なんで、ここが奴に!? くそ、ならず者冒険者め！ 言った側からバレてるではないか！」

「て、てめえがバレたんじゃねぇのか、腐れ商人さんよ！ くっそ、どうしてこうなる！」

やがて商人と冒険者崩れの男は、ベールの中で言い争う。

それを見て、マリがあくびを一つした。

「ソリス様、早く捕まえて帰りましょう？ わたくし少し眠くて……」

「そうだな、付き合うだけ無駄か」

早いところ捕縛して警備隊に引き渡してしまおう。

そう思って、一歩踏み出した瞬間、足元の落ち葉に違和感を覚えた。

「二人とも、伏せろ！」

「へ？」

「なんですの⁉」

俺はとっさにこう叫ぶが、二人は急なことに反応できていない。

俺はすぐさま、ライトニングベールを二人の頭上へと張る。

直後、ベールの上で大岩が砕け散る。間一髪の防御魔法だった。

「罠が仕掛けられていたらしいな」

「タイラーがいなかったら今頃私たち……」

「か、考えたくもないですわっ！」

おおかた、木の上に括り付けてあったのだろう。

さっきの口論もこれを悟らせまいとする演技だとすれば、思ったより用意周到《よういしゅうとう》なやり口だ。

「へんっ、俺たちだってそこまで馬鹿じゃないってこった！　じゃあな、新任官吏さんよ。無駄なお仕事ご苦労様！」

彼らを囲っていたものは、防御用のベールを展開した際、代わりに解けてしまっていた。

男らはそれぞれ別々の方向へ消えていこうとする。

ここで逃しては、官吏の名折れだ。

「二人とも、商人の男の方を頼む！　罠には気をつけてくれ」

「了解、タイラー。そっちも気をつけて！」

「わたくしが精霊に見張ってもらいますので罠は大丈夫ですわ」

アリアナ、マリの二人に協力を仰ぎつつ、俺は冒険者崩れの男を追う。

しかし、こう暗くては彼女らもやりにくいに違いない。

月明かりさえ木々に阻まれて、あたり一面真っ暗だ。

明かりの代わりに、彼女らの方へフラッシュライトを放つ。

俺の方はまだ視界が薄らぼけていたが、なにも目だけで戦っているわけではない。

俺は木の葉が擦れる音に紛れた、男の足音に耳を集中させる。

そこから速度や距離感、方角までを測って、風属性魔法の神速で駆け出した。

足音に気付かれないよう、少し遠回りの道を選ぶ。

それでも、相手より先回りすることはできたらしかった。

前へと躍り出ると、男は腰を抜かして、地面に尻もちをつく。

「な、なんで前にいやがる⁉」

「目で見えなくても、分かるんだよ。音が丸聞こえだからな」

俺はとんとんとつま先を叩いて、ずれた靴を元へと戻す。

男は再び逃げ出さんと身体を翻して走り出すが、先ほどまでの余裕はなくなっていた。

何度も木の根につまずきこけそうになりながら、逃げ惑う。俺はそれをあえて捕まえない。

「なっ、ここは最初の地点⁉　……うわぁっ！」

罠にはめてきた仕返しに、俺は彼自身が設置したらしい落とし穴にうまく誘導した。

自業自得である。

あっという間に、男は地面の下へと消える。もがいているが、出てこられないらしい。

むしろ足掻くほどに、どんどん沈んでいるようだった。

「タイラー、明かり、ありがとうね。おかげでこっちも捕まったわよ」

「商人ですから、冒険者ほど体力がなかったみたいで。すぐに息を切らしてましたわ」

アリアナ、マリの方も、きちんと仕事を果たしてくれたようだ。

アリアナによって、悪徳商人は手首を捻られており、顔は白目を剥いていた。

普段は優しいアリアナだが、悪人に対してはまったく容赦がない。

当のアリアナが、にこっと太陽のような微笑みを見せる。

「あの手紙、本当だったみたいね？　完璧に当たってたもの。でも、誰からのリークだったのかしら」

「仲間の誰かが裏切ったとか？　まぁいずれにしても、ほっとかなくてよかったよ」

翌日、俺たちにさらなる垂れ込みがもたらされた。

「今度は、『町はずれの森の中に秘密施設がある』か……にわかには信じがたいわね」

だが昨日と違って、アリアナもマリも悩ましげな表情だ。

アリアナが、小さな顎に手をやり、うーんと一つ唸ると、それにつられたのか、マリも首を傾げた。

「ダンジョンの裏手の場所ですものね。何度か通りがかってますけど、目にしたこともありませんわ」

二人の言う通り、この目でなにもないことを確認しているのだから、今度ばかりはありえないというのが俺たちの見解だった。

だが、一回目の垂れ込みが本当だった以上、無視できない。

ダンジョンを訪れるついで、俺たちはその場所へと足を向ける。

「というか、これで本当にあったら怖いわよ。今まで見たことないもの。絶対ありえないわっ」

それまではこう断言して余裕綽々な足取りのアリアナだったが……

「な、な、なんでっ！」

たどり着いた先に、本当に建物があるのを見た瞬間、彼女は「はうっ」と言ったきり引け腰になる。

影に隠れるように俺の後ろへと回り、肩にしがみついてきた。

その手はガタガタと震えている。

アリアナは虫以外にも、怖いものが大の苦手なのだ。

「本当にありますわね……ソリス様。わたくし、夢でも見ております？」

「いいや、ちゃんと現実みたいだぞ」

アリアナほどではないが、俺とマリも驚いて、目を点にする。

目にしたのは、一部が黒く塗られた煉瓦造《れんがづく》りの小さな町工場だ。

緑あふれる林の風景からは、明らかに浮いている。遠目にも違和感を覚えるほどだ。

元からあったのなら、気付かないわけがないし、一夜で建設できるような代物にも見えなかった。

「怪しさ満点だな、これは……乗り込むしかないか」

躊躇っていても仕方ない。

俺がさっそく足を踏み入れようとするが、身体が前に進まない。

背中には、むにゅっと柔らかな感触が強く押し当てられていて、アリアナが強く、俺にしがみついているのだと分かった。

上級ダンジョンで悪霊たちと対峙したときと同じだ。恐怖を和らげるためとはいえ、無防備すぎて困る。

「えっと、アリアナ……？　もう少し離れてくれないか？」

「い、いやよ。だって怖いし。ねぇ、立ち入り調査はやめにしない？　やめといたほうがいいわよ。お化けの仕業よ、きっと！」

「そりゃあ危ないかもしれないけど……確かめない方が気持ち悪いと思うぞ。明日また見えなくなってたら、それこそホラーじゃないか？」

「そうですわ。それに、もしかしたら前に会えなかったアンデッドに会えるかもしれないんですし。行かない手はありませんわ！」

理由が少し違う気もしたが、マリも俺の意見を後押しした。

むしろこの中で一番乗り気なあたり、彼女は相変わらず肝が据わっている。

そんなマリの豪胆《ごうたん》さに押されたからか、しばらくぐずった後、アリアナが折れる。

「うぅ……どうせ行くしかないわよね、行く、行くわよ……！」

それでも怖いものは怖いらしく、俺とマリの腕を片方ずつ、まるで命綱かのごとく強く握りしめる。

町工場のすぐそばまで寄ると、侵入防止策として施された防御魔法の結界を打ち壊した。

なかなかの強度をしていたが、ランディさんのもとで鍛えた雷魔法の前ではないも同然だった。

俺たちはそこで一旦頷き合って、覚悟を決めてから、代表して俺が引き戸を開け放った。

「……なんだ、ここ」

これきり、言葉が出なくなる。

アリアナもマリも口をぽかんと開けて、瞬きを繰り返す。

そこにいたのは、いつかダンジョンで出会ったアンデッドでも、もちろんお化けや悪霊でもなく、揃いの簡素な服を着て、木材の加工やら鉄材の運搬などを行う人々だ。

彼らの手元を見るにまだ完成形ではないが、魔導具を作っていることが分かる。

その一部には、ピンを引くことで爆発を起こす魔導弾《まどうだん》などの武器もあるらしかった。

労働者たちの目が、突然現れた俺たちへ向けられる。

「そ、外から人が来た……!?」

「まさか俺たちのことを助けにきたのか？」

「いやいや、逆に殺しにきたのかもしれねぇ」

皆が話し始めたところで、この工場《こうば》の責任者らしき男が早足で奥から現れた。

こちらの間合いに踏み込んで、圧をかけてくる。

「部外者か、お前たち!?　一体どうやってここに？」

「いや、森を歩いていたら急に現れたんで、寄ってみたんですよ」

しらばっくれつつ、俺は情報を引き出そうと試みる。

「それで？　ここではなにをやっているんです？」

「……見れば分かるだろう。単なる魔導具作りだよ。部外者に文句をつけられる謂《いわ》れはない」

男は澄まし顔で言ってから、俺が指した手を払おうとする。

「部外者じゃありませんよ。一応、この町の官吏をやらせてもらっているんです。中を確認させてもらっても？」

俺たちにはここに入れる大義名分があった。

「ちなみに、ちゃんと本物よ」

アリアナが、受け取っていた任命書を鞄《かばん》から取り出して掲げた。

施設に乗り込むのだから、こんなこともあろうかと持ち出してもらっていたのだ。

責任者らしき男は、それで答えに窮したらしい。

喉に声を詰まらせ、眉間に皺を寄せると黙りこむ。

そこへ、それまで黙って工場内を見ていたマリが一言。

「ここは強制労働施設ですわね？」

鋭い指摘を入れた。

その声音に迷いはなく、確信を持っているかのようだった。

「どうして分かるんだ？」

俺がマリに聞くと、彼女は流れるように説明を始める。

「過去に、囚人たちの働く施設を見たことがあるのですわ。彼らは罪を償《つぐな》うため、ここと同じような作業をさせられておりました。枷《かせ》をつけられ、逃げられないようにした上で、です」

「……だが、それならば、この工場は関係なかろう？　枷をつけていないではないか」

男は言い返すが、マリの追及はやまない。

「実質縛りつけているようなものでしょう？　この建物の外には結界が張られていました。逃げられないように閉じ込めたうえで、無理に働かせていたのでしょう。それくらい、この現場を見れば分かりますわ」

入る時に壊した結界は、ここからの脱出を拒むためでもあったのか。

マリの名推理に、男はなにも言い返せなくなったのか、ただ眉を寄せて険しい表情をする。

同時に、男が後ろに手を回そうとしたのを俺は見逃さなかった。すぐさま木属性魔法でその腕を絡め取る。

そしてそのまま手首を縛り上げてしまう。

ポロリと地面へ落ちたのは、抜き身の短刀だった。

隙をついて、切り付けてくるつもりだったらしい。

「小賢《こざか》しいことしてないで、観念しろよ。一緒に来てもらうからな」

「……ふん。私を捕まえたところで、なんの意味もないぞ？　決してなにも喋らん」

負け惜しみを言う責任者に俺は言い返す。

「意味はあるだろ。少なくとも、たくさんの人を解放できるんだからな」

工場内を確認したのち、俺たちは労働者たちを脱出させる。

解放を宣言したときには、歓声が上がるほどだった。

「もう一生、この暗い町工場で過ごすんだと思ってたよ。生きててよかった、希望を捨てないでよかった。恩に着るよ、あんた！　俺たちを見つけてくれたんだ、なんでも話すさ！」

俺が事情を聞くと、こう言って詳細を気前よく話してくれた。

彼らのほとんどは、もともと町の住人だったらしい。

稼ぎ先を紹介してくれると言って連れてこられたのが、この施設だったそうだ。

その労働条件は、四時間の睡眠時間と最低限の食事でひたすら作業するという過酷なもの。賃金もそのはたらきに到底見合わないまま、従事させられていたとの話だった。

「ツータスの町に人が少なかった理由は出稼ぎじゃなく、この町工場に詰められていたから、らしいな。魔導具がやたら市場に溢れてたのも、近くの町で作ってたんじゃない。ここから流されていたわけだ……」

工場に残された魔導具や武器類を整理しながら、俺は思考を巡らす。

前回の闇取引と言い、掘れば掘るほど問題が噴出している。

今回の摘発《てきはつ》も、たぶん氷山の一角にすぎないのだろう。

テンバス統治下の闇は、まだ深い根を張っているらしい。


それから数日、屋敷の応接室で俺たちは、ここ最近あった出来事をワンガリイ伯爵に報告していた。ちょうど領内の見回りで、ツータスタウンを訪れていたのだ。

「いやはや、またしてもこんな成果をあげられるとは！　お三方とも、大変大変ご苦労をおかけしました」

久しぶりに会っても、やっぱり彼は暑苦しい。

同じ空間にいるはずなのに、彼の周りだけは季節が違うかのようだ。

もう秋も終わりが見えて冬も間近だというのに、彼の額には汗まで浮かんでいる。

俺の横に座るアリアナは、少し肌寒そうに腕をさすっているのだから、その差は分かりやすかった。

……いったい夏はどう過ごしてるんだよ、この人は。

汗のかきすぎで干からびて倒れるんじゃないか？　などと少し失礼なことを考えていると、彼は足下から布の包みを一つ取り出す。

「こちらは、お礼とご挨拶の品です！　大したことはない菓子ですが、どうかお納めください！

どうぞ！」

「まぁ、お菓子ですの！　どんなものでも好きですわ」

大食らいであるマリは両手を結んで分かりやすく目を輝かせる。

「俺たちは、ただ官吏としての仕事をしたまでですよ」

だが、俺は率直にそう伝えて、包みを返そうとした。

「いやはや、相変わらず謙虚《けんきょ》な方だ。就任一カ月やそこらでここまで結果を挙げられる人は、そうはおりませんよ。タイラーさんたちが来てくれて、大変大変よかった。そう思うが故ですよ。どうぞ、お受け取りください！　受け取ってもらえないのならば、投げ捨てる覚悟です」

ワンガリイさんは、包みをぐいぐいとこちらに近づけてくる。

正面から向けられる彼の健康的な笑顔、そしてまるで餌《えさ》をねだる犬かのごとく横から注がれる、マリの懇願するような目。

両方の圧に挟み撃ちにされて、俺は結局根負けした。

「そこまでおっしゃるなら……ありがとうございます」

お土産を渡し終えた後、ワンガリイさんは俺が手渡した報告書を少し眺めてから、机へと伏せる。

「それで、タイラーさん。二つの事件の首謀者たちはどう処分されたんですかな？」

「関係者は捕らえて、刑務所に入れていますよ。残念ながら揃いも揃って黙ってばかりで、首謀者については口を割ってくれませんが」

「その口振りからするに、タイラーさんは、裏で糸を引く者がいるとお思いのようですね」

「えぇ、どちらも単発で起きるには不自然なものですから。テンバスの残党による仕業かと推測しています」

「ふむ。もしそうだとすれば、大変大変な問題だ！　引き続き調査をするほかありませんな」

そうは言っても、次なる手がかりは得られていないのだが。

ここで、アリアナが説明を代わってくれる。

「今回の二件も、垂れ込みがあったから見つけられたって感じですし……正直、今後どう調査したらいいのか私たちだけじゃ分かりません」

「垂れ込み、ですか！　誰からもたらされたものなのかは不明なのですな？」

こくり、アリアナは力なく首を縦に振った。

ワンガリイさんは少し考え込むように、汗の浮かぶ眉間を押さえる。

しばらくして、くわっと目を見開いた。迫力のある眼光に一瞬身体が竦《すく》む。

「では、どうにか口を割らせるほかありませんね！　ここは一つ、私に預けてください」

「えっ、まさかワンガリイさんが尋問するんですか」

俺は思わず口を挟む。

いや、たしかにずっとこの勢いで詰問されたら、疲れきってぽろっとしゃべってしまうかもしれないが。

「はは、ご冗談を。国の専門機関に引き渡し、事情を吐かせるのですよ！　そのあたりの手続きはお任せください」

ワンガリイさんはまるで太陽のような笑顔を見せる。

「ありがとうございます。すいません、またお手間をおかけします」

「なに。あなた方の苦労にくらべれば容易いものですよ」

無事に方向性が決まったところで、外の扉がノックされた。

どうやらタイミングを見計らってくれていたらしい。

入ってきたのは、サクラだった。

どういうわけか、その背には眠るフェリシーが乗っている。

身長一五〇センチのサクラにしてみれば、それなりに重いだろうに、彼女は苦労を全く顔に出さない。

しかも一番の驚きは、あの寝相の悪いフェリシーが身じろぐことなく静かに寝ているのだ。これも、王室メイドのスキルなのだろうか。

サクラは何事もないように丁寧な一礼をしたのち、膝をつき茶を用意してくれる。

「これはこれは。手際のいいメイドですな。王城仕えのメイドと同等レベルに修練されている」

まぁ実際、元王女のお付きだしね？

身内を褒められて少し誇らしい気でいると、ワンガリイさんが問う。

「……して、その子は？」

ワンガリイさんがサクラの頭越しに、フェリシーの顔を覗き込もうとする。

まぁ、普通に考えて気になるよね。

俺が彼の立場だとしても、真っ先に聞いているところだ。

「お客人様、大変失礼いたしました。どうしても離れなかったので背負っていたら、そのまま眠ってしまったようです」

サクラがこう頭を下げるのに、ワンガリイさんは首を横へ振った。

「はは、そこは気にしていないですよ！　タイラーさんのお子さん……ではなさそうですな？」

「はい。前にお伝えした、テンバスの残党に捕虜にされていた子どもです。引き取り先が見つからなくて、うちで預かってるんです」

俺が軽めに経緯を説明すると、ワンガリイさんは短く唸った。

「それはそれは大変、大変ですなぁ……公務に加えて、子守とは。ご負担も大きいでしょう」

「そこも含めて、楽しくやらせてもらってますよ」

「頼もしい限りのご回答だ！　ですが、もしご負担でしたら、その子も私が引き取りましょうか。国の力も借り、より広く受け手を募りましょう」

唐突すぎる申し出に、俺は固まった。

いつか別れが来るであろうことは覚悟していたけれど、具体的にそれがいつごろかまでは考えていなかった。

「……えっと」

言葉を失ったまま、俺はアリアナやマリと顔を見合わせる。

「まぁたしかに、あんまり長引くと別れられなくなるものね」

「そうですわね……」

二人の言葉は煮え切らない。

マリにいたっては、その眉を下げて寂しげな表情をしていた。膝下ではローブの裾を握っている。

一番最初からフェリシーと関わって世話を焼いてきただけに、人一倍思い入れもあるのだろう。

その切なげな表情を見て、俺は心をかき乱される。

それからサクラの背中で、すこやかな寝息を立てるフェリシーを見て、答えを出した。

「大丈夫ですよ。特に負担に思ってませんから。うちで預かりますよ」

まだもう少し、という思いから出た言葉だった。マリの想いを汲《く》んだだけでなく、俺個人としての感情も多分にある。

たしかにいい申し出だったが、それは今じゃない。

このままあっさりお別れという展開には、どうしてもしたくなかった。

俺の回答にワンガリイさんは少し目を見開いたのち、ぐっと親指を立てる。

「そうですか！　はは、タイラー殿がいいなら構いません。分かりました！　では、もし気が変わられたらおっしゃってください」

三章　バイオレットの正体

翌日から俺たちは、再びダンジョンの調査に精を出した。

くだんの事件の黒幕はいまだ見つからず、秘密施設の侵入以降、垂れ込みが入ってくることもなくなった。手がかりが絶たれたのだからしょうがない。

だが、なかなか突破の手がかりを見つけられないのは、ダンジョン調査の方も同じだった。

奇妙な事態が発生していたのだ。

「また、この前とフロアの形が変わってますわね……」

マリが眉を顰めてため息をつく。

それが分かったのは、目印として、入口付近の壁に釘で打ち付けておいたはずの赤いリボンが、なぜか奥地の入り組んだ場所まで移動していたからだった。

「うーん、未開拓のダンジョンってのはフロアが変形するものなのか？」

俺はそんな仮説を立てるが、真相は分からない。

少なくとも、過去に読み漁ってきた資料にこんなケースはなかった。

「出現モンスターのランクがまちまちなのも、気になるわよね。中級レベルかな、と思ったらいきなり上級の高層階に出るようなモンスターも出現するし」

続いて、アリアナが別の疑問を口にする。

たしかに、せいぜいランクC扱いのトロールとA２であるサーペントが共存するダンジョンは、これまで聞いたこともない。だが、それと似た事例が最近続いていた。

「また前のテンバスの一件みたいに、誰かが誘導してたりしないかしら」

「それはないんじゃないか？　今回のモンスターは飛べないモンスターだしな。それに、数も多すぎるし、不規則だ」

「そう言われてみればそうね……あ、分かった！　じゃあきっと、このダンジョンはもともと別々の二つだったのよ。それがなぜかくっついて一緒になった！　どうかしら、この推理！」

アリアナはいかにも得意そうに、自らの考えを披露《ひろう》した。

仕草としてはとても可愛らしいし、得意げな表情も微笑ましいのだけど、めちゃくちゃな暴論だ。何の証拠もないし。

そう思ったところで、ふとある可能性に気が付いた。

「そうか……なくはないかもな」

「えっ、ほんとに？　まさかの、大当たり⁉」

アリアナが素っ頓狂な声をあげる。

自分で推理しておきながら、まさか真剣に取り合われるとは思っていなかったらしい。

王室育ちで、ダンジョン知識の乏しいマリは、そもそも話についていけなかったようで、首を傾げていた。

俺はそんな二人を連れて、その思いつきを確かめるため、フロア内をぐるりと一周する。

途中で出くわしたモンスターたちをなぎ倒しながら、ダンジョンの岩壁に目を這わせると、途中であるものを見つけた。

「……そういうことか」

思いつきが、確信へと変わった。

「そういうこと、って具体的になんですの？」

マリに尋ねられて、俺ははっと我に返る。

探求心をくすぐられて、思わず夢中になってしまい、二人を置いてけぼりにしてしまった。

昔からこうした検証を行うのは好きだったのだ。

俺は気を取り直して、咳払いをする。

「まぁ見ていてくれれば分かるさ。少し離れていてもらってもいいか？」

二人が遠くへ移動するのを確認してから、俺は刀を抜いた。

柄を強く握り、刀身へと伝えていくのは、雷属性の魔力だ。

「王の剣となり輪廻を支配せよ。ヘイヴン家奥義――」

久しぶりに放つ技だったが、ランディさんとの稽古のおかげで、身体には技の出し方がしっかりと染みついていた。

同じ前口上と詠唱で俺が放ったのは、ボルテックブルーム。

多くの雷属性の技を一つに集約した奥義であった。

その強烈な一閃を壁に埋まった魔石にぶつける。

そもそも魔石の少なかったこのダンジョンにおいて、その石はよく見れば、少し不自然な埋まり方をしていた。

まるでランディさんと裏ダンジョンに侵入する時に見た、入り口に嵌められた石のように……

その魔石はボルテックブルームの魔力を吸収すると、最終的に壁ごと割れて、辺りに砕け散った。

それと同時に、地下への階段が目の前に出現する。

「ちょっと勢いが強すぎたみたいだな……」

俺は刀をしまいながら、こう呟く。

すぐに、アリアナとマリが駆け寄ってきた。

「タイラー、これ、どういうこと⁉　こんなところに階段なんてなかったわよね」

「わたくしも、なにが起きたのかさっぱり。そもそも技の勢いが強すぎますもの。雷が眩しくって、よく見えませんでしたし」

二人の疑問はもっともだ。

俺も裏ダンジョンに入る際、初めてこの仕組みを知ったときはかなり驚いたものだ。

「簡単に言ったら、この魔石が扉になってたんだ。強い魔力をぶつけることで、開く仕組みだな。見えていなかったけど、このダンジョンには、地下もあったんだ」

「あ、ってことは、Aランク越えのモンスターたちは、このフロアの変動に合わせて地下から来てたわけね！」

「さすがアリアナ、理解が早いな。うん、たぶんそういうことじゃないかな」

「なるほど、納得いったわ……ほんとタイラーって昔から頭が切れるわよね」

「なに言ってるんだよ、アリアナのおかげで思いついたんだよ。俺一人の力じゃないって」

「もうタイラーったら、また謙遜《けんそん》するんだから。私が出した予測なんて、ほんのちょっとだけじゃない」

そう言いつつも、口角が上がるのを抑えきれていないアリアナを見て、俺とマリはくすりと笑う。

こうして俺たちは、地下ダンジョンの発見により、停滞していた調査への大きな一歩を踏み出したのだった。


地下ダンジョンからAランク以上のモンスターが出てきていたのだとすれば、ここから先は、上級ダンジョンと同等以上の魔境が広がっているに違いない。

俺たちは、警戒しながら新フロアへの階段を下った。

しかし、足を踏み入れてみて拍子抜けする。

そこには、大広間が広がっており、見える範囲にモンスターの姿はない。ただただ岩壁に囲われた空間があるのみだった。

「……なによ、この空間は」

弓に番えた矢を持て余しながら、アリアナが言う。

「ダンジョンでこんな空間、初めて見ましたわ」

その横でマリは長いまつ毛を動かして、何度も目を瞬いていた。

俺もしばし目の前の光景に呆気にとられる。それから再び思い至る。

「たぶんもう一回、仕掛けを解かなきゃダメなんだろうな」

まったく面倒極まりない仕組みだ。

あと何回手順を踏めば、最深層までたどり着くのだろうか。

そんな風に先を案じたが、今度はすぐに突破口を見つけることができた。

「間違いなさそうだな。たまたまこんなところに魔石が埋まってるなんてこと、普通じゃありえないし」

フロアの四隅に、似たような形をした茶色の魔石が埋められていたのだ。

さっき一階で壊したものとは、別種類のものだ。

俺は試しにうち一つの魔石を壊そうと技を放つが、強い魔力により弾かれてしまう。どうやら、四つ合わさることで、結界を形成しているらしかった。

「……どうやら、一斉に壊す必要がありそうだな」

過去に本で見たことがあった気がする。

複数の同じ魔石で作られた結界は、単体では持ちえないような、かなりの力を発揮するのだが、まったく同じ衝撃を同時に加えた場合には、あっさりと壊れるのだ。

だとすれば、今回の適任は俺ではなさそうだ。

俺はマリにお願いする。

「なぁ、精霊を四体召喚して、まったく同じタイミングと強さで、四隅の魔石を攻撃してもらってもいいか？」

「ま、まったく同じ強さで、ですか？」

若干不安げに、マリが問い返す。

「あぁ。マリなら問題なくできると思うよ」

「うん、私もそう思ってるわ」

俺とアリアナがこう励ますと、彼女はフロアの真ん中に立って、瞑目する。すぐに集中状態へと入った。

もちろん、お世辞などではなく本心から、彼女ならできると俺は確信していた。

マリはこれまで精霊を呼び出して攻撃する『エレメンタルプラズム』に特化して、実戦を重ねてきている。

他の魔法はほとんど練習していないため使えないが……精霊の操作に関しては、まだ半年程度の短い期間だが、ひいき目でなく、かなりの腕前になっていた。

モンスターが襲ってくることがない落ち着いた空間ならば、間違いなくできる。

「『エレメンタルプラズム・改』！」

マリは詠唱によりまったく同じ大きさの精霊を呼び出すと、フロアの四隅へと向かわせる。そして、槍による攻撃を一斉に食らわせた。

「ソ、ソリス様どうなりましたか」

マリが、恐る恐ると言った様子で目を開ける。

その少し後に、ぱきりと石の割れる音が響く。どうやら成功したらしい。四隅のすべてで、魔石が破壊されていた。

「うん、やっぱりできる子だな、マリは」

「うんうん。やるわね、マリ！」

俺とアリアナは二人でマリを褒める。

「うふふ、ですわ！　さっきは見てただけですもの。今回はお役に立ててよかったですわ。まあ、ソリス様の魔力をお借りしてはいますけどね」

よほど神経を使ったらしい。マリは額に浮かんだ汗をぬぐっていた。だが、その顔は充実感たっぷりといった様子で、頬を緩めている。

そうこうしていると、壁の一部が崩れて、再び地下へと続く階段が現れた。

「……また開いたな。にしても、一体誰がこんな手の込んだことをしたんだろ。自然にこうなったとは到底思えないし」

例のダンジョン盗掘集団か、もしくはテンバスの残党か。

俺はあごに手をやり考え込むが、うちのメンバー二人は暢気だ。

「絶対、なにかを隠しているとしか思えないわよね、こんなの。きっと金銀財宝とかよ、きっと！ここまできたら、ざくざく掘りたいわね。それで、今のミネイシティの屋敷を改修するの！」

「まあ！　夢がありますわね、それ！　あ、じゃあ、わたくしは、最上級のお肉とかが山のように出てきてほしいですわ！　それを皆で、美味しくいただくのですわ！」

「いや、マリ。ダンジョンから出てくる肉なんて、絶対腐ってるわよ……？」

それぞれの願望——いや、欲望というべきか——に目を輝かせるアリアナとマリとともに、俺は次なるフロアへと降りていく。

今度はなにが待ち受けているのかと思えば……

「キイイッ！」

「クァアアアッ！」

お宝でも、腐った肉でもなく、活きの良すぎるモンスターたちの群れ。いわゆるモンスターハウスだった。

見るからに、強敵揃いだ。

このダンジョンでも最初に遭遇した大蛇・サーペントやゴーレムだけでなく、初めて目撃するティガーという、石を投げつける攻撃を特徴とする虎型のモンスターもいる。

問題は単体ではなく、これらが一斉に仕掛けてくることだ。

サーペントがこちらへ毒のしっぽを振り回すと、それに合わせるようにゴーレムが地震を起こす。

そこに、ティガーが太くてリーチも長い腕で、岩を投げてくる。

まずは、敵の数を減らさなくてはならない。俺はもっとも手近にいたティガーを斬り捨て、辺りを一睨みする。

「で、でた。タイラーの目だけでモンスター追い払うやつ……！」

アリアナまで、慄かせてしまったのは予想外だったが、モンスターたちは思惑通り、俺たちから離れてくれた。

その隙にライトニングベールで四方に壁を作って、モンスターたちの攻撃をしのぐ。

だが、サーペントたちは俺たちでなく、互いに攻撃し合い始めた。

「ちょ、タイラー……！　なんか仲違い始めちゃったわよ⁉」

「お互いの攻撃が当たったせいでしょうか……で、でも、これってラッキーですわね！　だって、これならなにもしなくても勝手に数が減っていきますわ！」

「そう単純な話じゃないぞ、マリ。むしろ、そうなったらかなりまずい」

同士討ちをすることになれば、当然一部のモンスターたちは他の個体を倒したことで、レベルアップする可能性が高い。

その結果、モンスターが進化することもあるかもしれない。

たとえばゴーレムだったら、ブリックゴーレムに進化すれば、破壊力に加えて俊敏性《しゅんびんせい》まで獲得してしまう。

前にブリックゴーレムを退治したときのように、一体ならまだしもこの数だ。

複数のモンスターが進化でもしようものなら、一気に状況は絶望的になる。

「早いとこ決めよう。アリアナ、雨降らせてもらってもいいか？」

「え、そんな技でもいいの？　タイラーが奥義をばーん、で済むんじゃないかしら」

「奥義をばーん、ってやったら、このダンジョンごと巻き込むだろうからな」

地下ダンジョンを発掘した時は、エネルギーを吸収する魔石があったから事なきを得たものの、そもそもボルテックブルームは、湖一つの水をすべて干上がらせるほどの威力を誇る技だ。

うまく加減できる自信もない。

「アリアナは、できるだけ強い雨を降らせてほしいんだ。そのあと、俺は雷魔法を放って、こいつらを一気に焼き切る。もう時間がない、頼めるか？」

「分かったわ！　私に任せて！　……というわけで、マリ、補佐よろしく！」

「アリアナ様、矛盾が早すぎますわよ⁉　でも、任せてくださいましっ」

二人の連携はこの窮地でも、さすがのものだった。

アリアナが胸元で両手を重ね、祈るようにして、アクアシャワーを発動する。

マリの召喚した精霊は、天井付近まで昇っていき、その魔力の源に直接力を与えた。

降り注ぐのは、想像以上の豪雨。

一瞬にしてダンジョンは水浸し、モンスターもずぶ濡れだ。

ライトニングベールで頭上を守っていなかったら、今頃俺たちも濡れねずみだったろう。

「二人とも、ありがとう。最高の準備が整ったよ」

「で、でも、ソリス様。これで、いいのです？　いくらソリス様とはいえ、この量を一度に倒すのはさすがに――」

「心配いらないよ、マリ。見てたら分かる」

俺は自分一人、ベールの外へと出ていく。

そうして、風魔法で浮き上がりながら放ったのは、雷魔法『エレクトリックフラッシュ』だ。

威力は高いが、広範囲攻撃ではないこの技は、普通ならば、数体なぎ倒す程度で終わる。

だが、今は周りすべてが水に濡れた状況。

俺がベールの上に着地すると同時、辺りでモンスターたちがバタバタと倒れていく。大型モンスターによって、全体を見渡せないでいたが、視界が一気に開けた。

安全を確かめて、俺はライトニングベールを解除する。

「な？　大丈夫だったろ？」

「本当に一度に……なんか、すごいですわね。こんな光景見たことありませんわ」

「……とりあえず、アイテムだけ剥いだら全部燃やそうか。これじゃあ、調べることもままならないし」

派手な大技のあとに地道な作業が始まった。

俺たちが倒れたモンスターたちを一体一体、処理していくうちに、フロアの全容が明らかになる。

二階層と似た大広間があるだけだった。他に手がかりもなく、階層はこれ以上続いていないらしかった。

「こんなものが固めて置かれてますわよ」

マリが見つけたのは、採掘済みの魔石だ。

アリアナご所望のお宝というには少し格が落ちるし、もちろんマリが望んだ食べ物でもない。

「モンスターたちが持ち帰ってたのかしらね」

アリアナが首を傾げる。

「……可能性はあるな。ティガーっていう虎型のモンスターは、集めた物を投げる習性もあるし」

もちろん、この町に来てから起きた不可解な出来事すべての元凶と関わっている可能性もあるが、今考えても仕方がない。

「疲れただろ、二人とも。帰ろうか」

俺たちは魔石を回収して、地下ダンジョンから地上へと戻ったのであった。


屋敷に戻り、夕食の時間になると、アリアナが食卓で今日の出来事を振り返る。

「もう、びびったわよ、まさか地下があるなんて！　でも、お宝はなんにもなしよ。聖なる剣みたいなのが、フロアの中心に刺さってて、抜いたら英雄に！　みたいな展開も期待してたのに」

フォークの先に突かれているのは、マリが再三望んだ豚肉のトマト煮だ。持ち帰った魔石の一部を売りさばくことで、代わりに綺麗な脂の乗った肉を購入したのだ。

「まぁまぁアリアナ様♪　次行ったら、刺さってるかもしれませんわよ」

「マリ、あんたは自分がお肉を食べるって願いが叶ったからいいわよね」

しょうもない小競り合いをする二人を見て、俺はくすりと笑う。

エチカやサクラも、それにつられて微笑みを見せる中、フェリシーだけが上の空だ。

一人、肉の載った皿の縁を見つめていた。

俺は隣の彼女の紫色の前髪を、軽く何度か撫でてから覗き込む。

「どうしたー？　食べられないのか？」

「……もう、行かない方がいい」

「え、なにがだよ？　どこに？」

「……ダンジョン、危険すぎ。行かない方がいい」

なにを言い出すのか、と思ったら……どういうことだろうか？

皆が食べる手を止めて、フェリシーの方を見る。

今さらな話だったが、誰も笑いはしない。俺たちを心配してくれていることは、その小さな額に寄った皺が教えてくれる。

「分かってるよ、でもまだ調査も完結してないし、これが仕事だから。ちゃんと気をつけるよ」

「……お仕事？」

「そういうこと。フェリシーには、まだ早い話だな」

「……なんて、いい子なんだろうな」

数日後、ダンジョンへと向かう際中、俺はこう呟いた。

なんと今日、フェリシーから手作りのマドレーヌを受けとったのだ。

一口サイズが紙袋にくるんであり、持ち運びもしやすい。

以前食卓で、俺たちのことを心配してくれたが、またしても彼女の優しさを受け取ることになるとは……

サクラに聞いた話では、どうしても作りたいとフェリシーが協力を仰いできたらしかった。

ダンジョン探索中のちょっとした休息に、とのことだ。

アリアナが感慨深げに言う。

「ほんっとうにね。あの歳で、仕事頑張ってる私たちをねぎらうため、手作りのお菓子を渡そうだなんて普通は思いつかないわよ。私があの歳の頃だったら、おやつ食べたい、遊びたい、行かないでって駄々こねてたと思う」

「ふふ、アリアナ様お可愛い。でも、それが普通ですわよね。フェリシーちゃんがすごいんですわ！　さすがのわたくしも、食べるのがもったいなく感じますわ……」

あはは、うふふ、と。

親気取り、しかも、揃って親ばかといった様子で、俺たち三人はにこにこ顔で歩く。

「どうされたのですかな、タイラーさん！　なにやら嬉しそうですなぁ！」

そんな俺を現実に引き戻したのは、サカキだ。

背後から声をかけられなければ、しばらく夢見心地のままだったかもしれない。

重そうな籠を背中に抱えながらも、余裕の笑みでいるあたりはさすがの怪力だ。

「ええ、少し。いいプレゼントをもらったんです」

「おお。それは、それは！　はっ……それで言えば、我々ツータス警備隊も今日はプレゼントをもらったようなものですな。師匠とダンジョンに同行する機会をいただけるなど」

「こっちの事情ですよ。むしろ、警備終わりの夕方に時間をいただき、すいません」

「いえいえ、光栄な限りですぞ！」

地下ダンジョンを発見して以降、俺たちはダンジョンの調査を続けたが、特殊な物が出てくるということはなかった。

フロアの形状が変わる謎こそ残ったままだが、それが大きな危険につながることも考えにくい。

とすれば、調査から次の段階に進むべきだろう。そう考えて、彼らを呼んだのだ。

「して、今日はいったいなにをするのですかな、師匠！」

「あぁ。簡単に言ったら探索テストです。難しいことは考えないで、普段通りに冒険してください」

いわばテストプレイである。

ダンジョンのランクに見合った冒険者に中へと潜ってもらい、本番さながらの冒険をしてもらう。

それにより、フロアを回り切るまでの時間や遭遇するモンスターの数などといった、細かい点を確かめるのだ。

……特に、時間に関しては俺たちのスピードは参考にならない。

地下階層があるとはいえ、このダンジョンはせいぜい上級レベルだ。

超上級に挑んでいた俺たちの基準では、攻略が難しい場所ではなく、時間もかからない。

「なるほど、そういうことでしたら久々に暴れますかな！」

サカキは太い腕に力こぶを作って、意気揚々と言う。さらには後ろを振り返り、他の警備隊たちを鼓舞して士気を上げていた。

すっかりリーダー格だ。まったく、頼もしくなりすぎというものだ。

感心していると、サカキは自身の背後に目をやる。

「それで、師匠。これはその探索テストとやらに、なにか関係あるのですか？　なにやら、玉がたくさんはいっているようですが……」

「あぁ、いや、テストのあとに時間が余ったら、俺の修行もかねて稽古《けいこ》に付き合ってもらおうかと思いまして」

俺はさらりと、ダンジョン内での特訓について話す。

警備隊に対する訓練としてもちょうどいい機会だし、俺からしても、最近おろそかになっていた件の超感覚を鍛える練習になる。

ダンジョン探索が終わって余裕があれば、というくらいの気持ちだったのだけど、サカキの受け取り方はまったく違った。

わなわなと拳を震わせたと思ったら、一筋の涙をほろりと流す。

「……なんと！　ついに本当にタイラーさんの指導を受けられるのですかっ……」

「おぉ、拙者もこの時を待ちわびておりました！」

おいおい、その反応はオーバーすぎだろうよ！

だが、むせび泣く声はサカキやナバーロだけでなく他の人からも漏れ始める。

突然すぎる大の大人たちによる本気の号泣は、アリアナやマリを怖がらせたらしく、二人は不安げに俺の腕を取り、身を寄せてくる。

暑苦しい雰囲気から一転、花のようないい匂いに包まれて、俺は思わず赤面する。

「た、タイラー……なに、これ。不気味なんだけど……！」

「い、いや、俺にも分からないっての」

外から見たら、きっと異様すぎる光景だ。

俺はサカキをなだめようとしたのだが、その前に彼はびしょびしょの顔を上げて宣言した。

「あなた様を師匠と仰いで以来、どれほどこの日を心待ちにしたか！　きっとすぐに、いや必ずすぐに、このダンジョンを踏破してみせましょう！」

「いいや拙者が先だ！　必ずお前より先にたどり着いて見せよう！」

そしてすぐにまたナバーロと小競り合いを始めた。

……いや、ダンジョンのテスト探索の方が本命なんだけどね？　なんか目的変わってない？

そう思ったが、言ったところで彼らの熱量は変わってくれまい。

あきらめて、俺たちはそのままダンジョンへと入った。


――そして、本当にあっという間に、サカキたちはかなりのスピードで、ダンジョンを回り切ってしまった。

地下を含めても三階層程度の小規模ダンジョンで、比較的に狭い範囲だったとはいえ、一部にはサーペントやゴーレムなどの強力なモンスターもいる。

もっと時間がかかると思ったが……時にモンスターとの戦闘をうまく避けたり、いなしたりしながら難を逃れ、ゴール地点である地下三階フロアの端まで到達した。

……おそるべき執念だ。

ちなみに、俺たちは一切手出しせずに、すぐそばから見ていただけだ。

「師匠、これでいよいよご指導を賜れるのですね！」

サカキは息も絶え絶えに膝に手をつきながらも、目を輝かせていた。

その横でナバーロはすでに臨戦態勢。真剣な目で精神統一をしていた。

こうなると俺も、ついでだから、とか言っていられない。その熱意には俺も応えるべきだろう。

参加していた警備隊たちに第一階層へと集まってもらう。周囲の見張りは、アリアナ、マリに頼んだ。

テスト探索の礼を述べてから、すぐに本題へ。

「では、これから訓練に入ります。みなさんの戦いを見ていて、気付いたことがあるので、今日はそこを鍛えていきたいと思います」

「気付いたこと、でございますか、師匠」

警備隊たちを代表して尋ねるサカキに、俺はこくりと頷き返す。

「えぇ、基本的にはうまく立ち回っていたと思うんです。でも、強力なAランク超えのモンスターとの戦いは全面的に避けていましたよね？」

「たしかに、そうですが……複数のサーペントやゴーレムが襲いかかってくるとなると、俺たちだけでは到底……」

「そんなことはありません。これは俺が見たところですが、倒せるレベルの相手だと思うんです」

言い切ってすぐ、警備隊のみなさんはざわざわとし始めた。

「しかし、実力だけではとても……いったいどうやって……？」

「口で伝えるのも難しいですから、今から実践練習に入ります。その中で、掴んでください」

「ということは実際にモンスターを相手にしながら、ご指導を？」

「いいや、相手は俺ですよ。といっても、採用試験のときとは少しルールが違いますが」

あくまでここはダンジョン内、のんびり説明に時間を割くのは危険だ。

俺は手短に説明を済ませてから、サカキに持ち運んでもらっていた塗料の入ったボールを彼らに配った。

今回彼らにやってもらう試練は実に単純で、これを俺に当てることである。

しかし、ただそれだけなら俺はずっと避け続けられる。だから、実力差を埋めるため、俺はアリアナに刀を預ける。

「なっ、師匠は武器なしで⁉」

「はい。それから俺は魔法での攻撃や防御はしません。皆さんは遠慮せずに、どんな魔法や武器を使っても構いませんから、その玉を俺に当ててください」

「なんと……」

サカキを中心に、警備隊のみなさんが口をあんぐり開けて固まる。

変な指示を出してしまったか、と俺は後から不安に駆られる。

「師匠、絶対に刀を取らせてみせますよ！」

どうやら武器も魔法もなく躱《かわ》す、という言葉が彼らに火をつけてしまったようだ。

サカキがこう宣言すると、他の警備隊員らの士気も一気に上がっていった。

さっそく訓練が始まる。

彼らは早々に球を投げつけてくるが、そう簡単に当てさせない。

足に風属性魔法をまとわせて回避すると、壁を蹴って、ダンジョン通路へと逃走する。

攻撃も防御もしないと言った以上、俺ができるのは駆け回ることだけ。

地形が複雑に入り組んでいるとはいえ、範囲は一階層のみで、広さはせいぜい少し大きな公園程度。それに対して、参加している警備隊は十人もいるのだから、俺だって余裕をかましていられない。

「見つけた、タイラーさん！　これで終わりです！」

いたるところで、各所に散った警備隊の面々に出くわす。

雷魔法をまとった球がいくつも投げ込まれるが、動きを読んだうえで素早く切り返して方向転換。

回避に成功すると、後方から警備隊員の悔しがる声が聞こえた。だが、俺は俺で首をひねる。

違法決闘の現場において俺は、もっと早く、敵の攻撃を察知できたはずだ。

反応や読みの先へ行くためには、今のままではいけない。

あえて目を閉じて肌感覚に意識を集中していると――

「一人でやっても、我が師匠相手だ。勝機はないぞ、みなのもの！　もっと連携を取ろうぞ」

サカキが叫ぶ声がダンジョン内に響く。

悪くない提案ではあったが、それではまだ足りない。

少しして、五人程度が一気に襲い来るが、風属性魔法を手から使うことでさらに加速する。まだ逃げる隙は残されていた。

「な、なにっ⁉　ダンジョンの岩裏に隠れた⁉」

「うおっ、こんなところにくぼみが⁉　こ、こけるっ！」

俺が利用したのは、ダンジョンの地形や障害物だ。

これは警備隊の人たちの成長を促すためであった。

この地形を利用することこそ、彼らがより力をつけるために必要な能力だと、俺は睨んでいた。

その空間ならではの特徴を利用することで、多少強い敵とも対等以上に渡り合える。

彼らはそんな俺の意図に、気付いてくれたようだった。

「もっと空間を把握して動くんだ……通路で挟み撃ちにしたり、角に追い込んだりできれば、さすがのタイラーさんだって捕まえられる」

ナバーロが真っ先に気付いて、仲間に伝える。

さすがに採用試験を通過してきただけのことはある。

十全に俺の考えを汲み取っている。

そうこなくては、と俺は嬉しくなって、にっと笑みをこぼす。

これなら俺の方も、存分にやりたいことを試せる。

移動しながら、まずは頭を空っぽにしようと呼吸を整える。次に、針の先をさらに尖らせるようなイメージで感覚を研ぎ澄ましていく。

「『ファイアボール連弾』！」

「『ウォーターボール連弾』！」

そこへ、警備隊たちによる連携技が放たれた。

通路の真ん中で発生させたことで、水属性魔法と火属性魔法の反応により蒸気が発生して、狭い空間で俺の視界を奪う。アドバイスを活かした巧みな戦法だった。

だが、俺の特訓にはむしろ好都合。

あとはあのときのように、読みよりも反応よりも早く動くこと。

心を落ち着け、集中力を高めていく。

しかし後ろに飛びながら、あたりの空気に意識を集中していたとき――

「えっ、タイラー!?　こっちまでくるの？」

「しかも、なにか霧のようなものが……」

真横からアリアナとマリの素っ頓狂な声がして、意識をもっていかれた。

いつのまにか入り口付近にまで戻ってきていたらしい。

ライトニングベールを構築したのは、とっさの反応だった。

白いモヤの奥から飛んできた塗料入りのボールが色々な角度からベールに打ち当たり、地面が鮮やかな色に染まっていく。

アリアナとマリはおどろいた顔で、それを見つめていた。

「……あ、そういえば」

俺は真下に視線を向ける。

危険回避のため、勝手に身体が動いてしまったが、俺に向けられたのは攻撃ではなくカラーボールだけであった。

「し、師匠！　大丈夫ですか⁉」

俺と同じ異変を感じ取ったのだろう。地面に腹ばいで身を潜めていたらしいサカキが、慌てたように這い出てくる。

「ああ、はい、大丈夫です。それより、素晴らしい対応力ですね、みなさん」

妙な異変については触れずに、俺は警備隊の皆に向けて話し始める。

地形を生かしたうえでの彼らの連携は見事な物であった。

短時間でここまでできるとは、正直驚きなくらいだ。

これならば、強力なモンスター相手でも、戦い方次第で、勝ち目はある。

一方の俺の訓練はといえば、また失敗だ……！

後ろにいたアリアナとマリの気配に気付けなかった時点で、まだ未完成といわざるをえない。

もう少し改良が必要そうだ。

少し考え込んでいたら、後ろから肩に触れるものがある。

「タイラー、肩に力入りすぎよ」

アリアナが背後からにゅっと俺の顔を覗き、唇の端をにやにやさせながら、肩を揉み始める。

ほとんど力は入れられておらず、ただただくすぐったい。

「アリアナ……なんだよ、別に肩凝ってるわけじゃないぞ。まだ十代なんだし」

「そー？　なんか難しい顔してたからさ。ねぇ、マリ？」

アリアナの問いかけに、マリは一度こくりと頷く。

「そうですわね。それでなにか考え事ですの？」

「うん、少しな。新しい技が身に付きそうなんだけど、なかなか難しいんだよ」

「あら、新技ですの！　それでしたらもっと早くに相談してくだされればよかったのに」

マリの言葉に、はっとする。

考えてみれば、別に一人で悩んでいる必要はなかったかもしれない。

俺には、素晴らしい仲間がいるのだ。

さっそく違法決闘の場で得た超感覚について、二人に打ち明けてみる。

そこへアリアナとマリが出した回答は――

すると、一緒になって知恵を絞ってくれたわけであるが、

「えっと、とりあえず！　やっぱりリラックスが一番よ！　肩、揉んであげる！」

「そ、そうですわね！　やっぱりリラックスですわ！」

まさかの振り出しだった。状況を打開できるようなアイデアは浮かんでこなかったらしい。

おいおい、と言いたくなるが、そもそもの気遣い自体はとてもありがたい。

嬉しい気持ちでいると、マリが思案顔でぶつくさと言う。

「ソリス様にもっとリラックスしてもらうためには……」

彼女は白い顎に手を当て、軽く天井を見上げたと思ったら、なぜか俺の下半身に目をやる。

じっと無垢《むく》な視線を注がれて、俺はつい身をよじる。

「な、なんだよ、マリ」

「アリアナ様が肩ならわたくしは太ももとかお揉みしましょうか？　と思いまして！」

太陽みたいに眩しい笑みで、なにを言うかと思ったらこれだ。

無自覚だからなお、たちが悪い。

「いや、いいから！　足は肩よりもっと問題ないから！」

「本当ですのー？　そんなこと言って、触ってみないと分かりませんわよ？」

マリは俺の言葉を照れ隠しと取ったらしい。手をわきわきと動かしたと思ったら、俺の近くにしゃがみこみはじめる。

警備隊たちの手前ということもあって、俺はアリアナの力を借りつつ、慌てて彼女を制止する。

集中状態からは程遠い騒がしさの中、俺はすとんと理解する。

さっきまでの俺は集中しようとするあまり、逆に気を張りすぎていたのかもしれない。

だとすれば、ここにいることさえ意識からなくなるくらい、心も身体も深く落ち着ければ……

見えないものも看破できるのではなかろうか。

「少し離れていてくれないか、みんな。それから、アリアナ。刀を」

俺はマリを引きはがしたのち、刀を手にすると、フロアの真ん中まで出ていく。

集中することに意識を向けすぎず、直立不動で瞑目する。

その途端、傍目には分からないくらいの微弱な魔力が内側から漏れだして、身体の表面をまとっていく。

あの違法決闘の時に得た不思議な感覚と同じ感覚だ、多分。

あれはどうやら、俺自身、無意識で自然と魔力を帯びていたらしい。

ここまでくれば、もうなんとなく分かる。

火、水、風、雷、土、光、そして闇――

これら属性の魔力を均等に帯びることが、あの感覚の獲得につながるらしい。

やっと少しコツが掴めた。

あとは出力を上げて――そう思っていたら、ぞくっと背筋を震えが駆け上がる。

モンスターなんて比ではない。

かといって、いつか遭遇したアンデッドとも大違いだ。

俺は反射的に刀を抜き、背後へ切りつける。

だが、そこにはなにもなく、ただ刃は空を切るのみだった。

「た、タイラー……？」

「ソリス様、どうされたのです？」

アリアナ、マリが固唾《かたず》を呑んで俺を見守る。

サカキを中心とした警備隊たちも不思議そうな視線でこちらを見る。

だが、これが勘違いではないと、習得しかけた俺の超感覚がたしかに告げているのだ。

間違いなく、なにかがいる。それも、とんでもないなにかが……。

「アリアナ、マリ、みなさん！　早くここから出てください！　とにかく、すぐに！」

俺は一見空虚に見える宙をにらみつけながら、声を張った。

警備隊の面々は、戸惑いつつも俺の指示に従う。

アリアナとマリも一応出口の方には向かってくれていたが、その足取りは重く、二人とも未練ありげにこちらを振り返る。

「タイラーはどうするのよ。一人で何かしようっていうなら反対よ」

「そうですわ、ソリス様！　なんだか分かりませんが、わたくしたちも残りますわ」

アリアナは目つきを鋭くしてこちらを見つめ、マリは困り顔をしている。

手伝おうとしてくれる気持ちは嬉しい。

立場が逆だったなら、俺は絶対にここに残っただろう。

「頼むから、とりあえず行ってくれ」

だが今は余裕もなく、少し厳しめの口調でそう言わざるを得なかった。

足手まといだと突きつけるようで胸が痛むが、そうではない。

二人が未知の危険に晒されること、万一にでも彼女たちを失うことだけは、どうしても避けたかった。

あまりに得体が知れないのだ、この気配の主は。

いまだ姿さえ見えない相手だ。

「ソリス様、わたくしはそんなの認め——」

マリは、頑なにその場に止まろうとする。

その瞬間、地面が隆起してくるほんのコンマ数秒前、そんな彼女の足元から強い魔力を検知した。

大蛇の尾のようなものが、地面から出現して彼女を呑み込もうとする。

辛うじて反応できた俺は、ライトニングベールを張って、その攻撃を受け止めた。

今しがたきっかけを掴んだばかりの超感覚のおかげで、何とか守ることができた。

その攻撃はかなりの威力で、光の壁がぎりぎりと軋む。

「頼む、早く行くんだ」

その音が響く中、俺は彼女たちにもう一度伝える。

まだ納得しきっていないマリの袖をアリアナが横から引っ張る。

「……分かったわよ」

「え、アリアナ様！　どうして!?」

「なんでも。いいから行くわよ、マリ」

強引にマリの手を取り、アリアナが出口へと駆けていく。

彼女たちの動きを阻止しようと、謎の敵が次々に畝《うね》る土による攻撃を繰り出す。

俺はその全ての攻撃を、ベールを作り出してギリギリで捌《さば》ききった。

出口の手前でアリアナが振り向く。

「ねぇ、タイラー、大丈夫よね？　ちゃんと戻ってくるわよね？」

「あぁ、約束する。すぐに帰るよ、フェリシーも待たせてるからな」

「なら、その言葉信じてあげる！　破ったら承知しないからねっ」

たぶん本当はアリアナも残りたいのだと思う。

俺の判断を不満に思っている部分もあるかもしれない。

けれど、それらを押し殺して彼女は明るく微笑んでくれた。

俺は彼女たちに笑い返して、二人の姿が外へと消えたのを確認した後、唇を引き結んだ。

女神に微笑んでもらったのだ、約束を破るわけにはいかない。必ず無事にここから出てやる。

集中力を高め、身体の表面に帯びた魔力を安定させていく。

謎の敵の気配を感知しようとしていると、声がどこからともなく響いてきた。

「まったく君には驚かされる。タイラー・ソリス。まさか僕の存在に気付くとは思いもしませんでしたよ。そのうえ、僕の攻撃を避けて仲間の脱出までしてしまうのだから、実に末恐ろしい……」

ははははは、と乾いた笑いがダンジョンのフロアに鳴り響く。

しかし周りのどこを見回しても、ただダンジョンの壁があるだけだ。

相手の居場所は特定できない。

「誰だ、姿を現せ」

「そうはいかないですよ。僕のダンジョンで練習と称して好き勝手暴れてくれたのです。自分ばかり勝手が通ると思ってもらっては困る。それに褒めてあげたのですから、少しは喜んだらどうです？」

「冗談はいい。お前と長く喋るつもりはないんだ」

相手が出てこないと言うならば、俺が採れる手段は一つ。

「すぐに引き摺り出してやる！」

「ふふ、面白いことを言いますね。ですが、それは叶いませんよ」

俺は刀を抜いて、あらゆる方向へと意識を向ける。

そのすぐ後、周囲の地面がひとりでに盛り上がり、人型へと変化していく。

そこから無数の土人形が現れた。俺が驚いている間にも、次々生成されていく。

「曲芸に付き合ってる暇はないんだが？」

「ははは、これは見せ物じゃありませんよ」

でまかせではないらしい。

足だけダンジョンと一体化した土人形が、俺の方へ一斉に襲い掛からんとする。

土に対抗するならば、効果的なのは水だ。俺は魔力をこめて、刀を握る。

剣身が濃い青に染まったところで、土人形の群れへと切り込み、一体一体叩き潰していった。

「……埒《らち》があかないな」

何度倒しても、再びむくむくと土は盛り上がり、気付けばまた同じだけの数がいる。

ダンジョンの地面から出ている土人形に目を向けた。

俺はひとまず土人形を切り伏せ続ける。

どこからかそれを見て、謎の敵は余裕すら感じさせる空笑いを響かせた。

「ははは。無意味なことをしますねぇ」

たしかに、今していることだけを見ればそう捉えられてもおかしくはない。

しかし俺は撒いた種が芽を出すのを、ただ機が熟すのを待っていただけだった。

再び一体の土人形を切り伏せる。

地面に軽い水溜りができているのを見て、確信した。やっと待っていた状況が完成してくれたらしい。

地面を蹴って飛び上がり、空中で剣先を下向きに返す。

「アブソリュートアイス！」

放ったのは、いつかユウヒ・テンバスの兄、エイベルに使った氷属性の魔法だ。

これまでの攻撃により、水をたっぷり含んだ一帯の地面や壁が凍りついていく。

ひんやりした空気が流れるなか、土人形の復活がそれで止まった。

「この氷はそうそう溶けない。出てくる気になったか？」

俺は着地しながら、誰もいないように見える空間に問いかける。

「……これほどとは。やはり侮りがたし、タイラー・ソリス。手を抜いてはいられないようだ」

その言葉のすぐあと、俺は真後ろに気配を察知して、とっさに振り返る。

強烈な魔力が肌にぶつかり、これが本体だと理解する。

激しく地面が動いたせいで、あたりには砂埃《すなぼこり》が舞う。

足音はほとんどせず、影はゆっくり濃くなっていく。

姿が見えないのが、煩わしい。

風属性魔法を刀に纏わせて視界を払うと、背の高い男が目に入る。

風には、長い白髪が靡いていた。やたら色白の顔とあいまって、異様な雰囲気を放つ。

「おやおや、少し刀を振っただけでこの風とは……なんて威力でしょうか」

そう言いつつも、その口調には少しも焦りを感じない。

だが、俺も怯んでいる場合ではない。

目をきっとすがめて、こちらも負けじと睨み返す。

「何者だ」

俺が尋ねると、男の唇の両端がにんまりとつりあがった。

耳奥に響く声で、一言一言間を空けながら彼は言う。

「僕は大地を司る者、ガイア。そうですねぇ、魔族と言えば、分かりますか。あなたも聞いたことがあるはずです」

「……魔族」

ランディさんの父だったアンデッドさんがいつか言っていたことが、頭に思い浮かぶ。

そういえば、テトラの口からも魔族の存在について聞いていた。

テンバス家の者たちに力を与えただろう、闇の一族だ。

国にも調査を進めてもらっているが、詳しいところはいまだに分かっていないらしい。

「こうして魔族と面と向かって会うのは初めてでしょう？　もっと歓迎してくれてもいいんですよ」

愉快そうにガイアは話すが、今はお喋りの時間ではない。

俺は速攻で仕掛け、彼のその腕に切り傷をつける。

が、しかし。その傷はみるみるうちに塞がっていった。

俺は、その様子を見て距離を取る。

「はは、驚いていますね。少しの傷なら、簡単に自己再生できるのですよ、魔族は」

「……どうやら痛い思いがしたいらしいな」

「はは、面白いことを言いますね。だが、タイラー・ソリス。そっくりそのままお返ししよう。あなたは今から、ここで僕に倒されるのだから」

刹那《せつな》のことだった。

辺りの地面が再び隆起して、土人形がいくつも俺の周りを囲う。

今度は顔までガイアそっくりに作られていた。

表情なども見分けがつかないほどで、作りものに見えない。

まるで何人も同じ人間が現れたかのようだ。

「またそれか……」

馬鹿の一つ覚えとは、このことなのかもしれない。

それにしても、同じ顔の相手に囲まれているというのは気分が悪い。

俺は一度刀を鞘《さや》にしまうと、腰を強く捻る。

それから回転剣舞『スピンストーム』を発動した。

そして土人形たちを一斉に薙ぎ払う。

「何度やっても同じことだ。次は凍りつかせる」

「……これはこれは素晴らしい。ですが、そっくりそのままお返ししましょう。僕が凍ったところで、どこからでも大地を動かすことができるのですよ！」

ガイアの声がダンジョン内に大きく響く。

それと同時に今度は、天井もぐらぐらと揺れ始めた。

轟音が鳴った次の瞬間、土の槍が降り注ぐ。

俺が飛び退いてそれを避けると、着地した先に今度はサーペントが数匹待ち受けていた。

モンスターたちに対処しながら、ふと気付く。

もしも、いきなりダンジョンが脈動《みゃくどう》して、こんなものが降ってきたとしたら、皆を守るために反応できたかどうか、分からない。

俺は攻撃を避けながら、ガイアに尋ねる。

「なぜ今さら出てきた？　俺をただ狙っているだけなら、もっと前に出てきてもよかっただろ」

すると彼は目を丸くしてから、高笑いをした。

再び声がダンジョンの洞窟内に反響する。

「はは、自身の危機を前に冷静に考えられるとは。あなたほどの切れ者、そうはいまい。ここで消しておかねばならないらしい」

「御託はいい。早く答えろ」

土人形に加えて、モンスターまでもを相手にするのは煩わしく、俺はそれらを眼力で押さえつける。

ふふふ、と笑い声がこだました。

「いい圧だ。実に素晴らしい。そうですね。姿を見られて事が大きくなると面倒だから、とでも答えておきましょうか。見つからないのならば、こちらから手を出す理由もなかったのですよ」

「……ずいぶん消極的だな」

「決闘に隠し魔導具工場。フロアを変えることで隠していたダンジョン内アイテムの発掘に加え、裏取引まで。あなた方に潰された収入源は、あまりに多いけれど、そんなのは些細《ささい》なこと。稀代の冒険者たるあなたさえ去れば、すぐにでも元通りにできるから……ただ、存在まで知られたとなったら話は別。あの出来損ないの裏切り者ともども、今ここで葬《ほうむ》るほかない」

裏切り。そう聞いて、俺の頭の中に一つの考えが過る。謎の垂れ込みのことだ。

今彼が挙げたどちらの情報も匿名で入ったリークによるもの。

とすれば、魔族側の情報を知っている誰かが、俺たちに情報を流したことになる。

ならばいったい誰が……

だが、ゆっくり考える暇はなかった。

ひときわ大きくフロア全体が動き出し、またしても土人形がひしめき出す。

「人間どもから力を奪うことこそ、我らの目的。奪うのは当然のことですよ。あなたの命もここでいただきますよ。いい魂が得られそうだ」

人形の分身に紛れたガイアが、どこからか言い放つ。

一斉攻撃が来るタイミングで、俺はちょうど一つの策を閃いた。

本物を見分けずに、大きなダメージを与える方法だ。

俺は、ひたすらにガイアの攻撃を回避すると、同時に水を纏わせた刀で、土人形たちを濡らしていく。

「残念ですが、また凍らせたところで同じこと！　すぐに人形を作り変えればいいだけですよ！」

ガイアは宣言通り、俺の背後から新たに地面を隆起させる。

俺が狙った状況が訪れる。

「『エレクトリックヘブンフラッシュ』！」

一瞬、視界が白むほどの電撃を刀から放ち、自分はすぐに退避する。

「くは、な、なんだっ……!?」

効果はあったようだ。

まったく同じ顔をした人形たちのうち、一体の口元から血が噴き出たのを俺は見逃さなかった。

当たり前だが、ただの土なら電撃を走らせたところで血は出ない。

つまり、あれが本体だ。

その血は、鮮やかな紫色をしていた。たぶん、魔族の特徴の一つなのだろう。

「ここまでやるとは思いませんでしたよ、くっ……」

全身に電撃を浴びれば、自己再生の範囲を超えるらしい。

息も絶え絶えに、ガイアは喉元を両手で押さえる。

土壁を作り出して、防御の姿勢を取り続けているが、少なくとも先ほどまでの余裕は失っている。

「形勢逆転だな」

ここまでくれば、あとは簡単だ。

魔力は血に宿るので、べったり血のついた状態の本体を察知するだけでいい。あの超感覚を使わずとも済む。

そう思った矢先のことだった。

胸元、防具の裏側が前触れなく淡く光り始めた。

「なんだ……？」

俺は目を見張りながらも、胸当ての裏を覗く。

光を放っていたのは、フェリシーがくれたマドレーヌの小包の紐だった。

ガイアはかなりの傷を負っており、攻撃をしてくる気配はない。

内容を確認しようと、俺はその紐をほどいてみる。

封を開けると、包装紙の裏側になにか記してあることに気付いた。

『ダンジョンにはあぶないまぞくがいる。きをつけてかえってきて』

その文を読んだ俺は絶句する。

魔族の存在は、国内全体でもほんの一握りの者しか知りえない極秘事項。少なくとも、ただの子供が知りうるような話ではない。

さらには、フェリシーはこのガイアという男の存在まで知っていた。

「もしかして、これまでの情報も全部フェリシーが……？」

俺は点と点が繋がったような感覚を覚える。

ダンジョンアイテムの裏取引や魔導具工場の一件は、フェリシーを屋敷に迎え入れたのち、匿名でもたらされた。それも、名前を変えるなど彼女と打ち解けてからの話だ。

そのときは、彼女を預かることで、偶然幸運が訪れたのだと思ったが……彼女自身がくれた情報だった可能性もある。幼い子供だからとその認識を排除していた。

問題は、どうして知っていたかというところだが、俺の中では見当がついていた。

ガイアはさっき、『裏切り者』という言葉を口にしていた。

もし、フェリシーがその裏切り者だとすれば、それが意味するところはつまり――

「はは、やっとお気付きになられたようですね」

回復が追いつかず、息を乱して胸を押さえながら、ガイアはとぎれとぎれに言う。

「あの娘は、幻惑《げんわく》の少女《しょうじょ》・バイオレット。魔族の一員ですよ」

「……フェリシーが魔族」

受け入れがたい話ではある。だが、怪しいと思った点も魔族なら説明がつくと察していた。

思い返されるのは、彼女の歓迎会での出来事だ。

ぶどうジュースの入ったグラスを割ったフェリシーに手を見せてもらった際、一見怪我をしていないように見えたことがあった。

今にして思えば、あれは怪我がなかったわけではなく、彼女が流した血が魔族と同じ紫色で、ぶどうジュースに紛れて判別がつかなかっただけかもしれない。

その間に、彼女は自己再生で傷を治癒したのだ。

あの時、やたらとキューちゃんに落ち着きがなかったのも、闇の存在である魔族が近くにいたからと考えれば合点は行く。

敵前にもかかわらず、俺はしばし呆然とする。はっとした後、すぐに刀をガイアへと向けなおした。

「なぜ、今この紐が光るんだ。答えろ」

この紐は、俺がなにかしたわけでもなく、唐突に輝きだした。

理由なく、ということは考えづらい。

「はは、魔族の思いが籠ったものには、魔力が宿る。そして、光ることで本人の危機を知らせます。のんびりしている時間はないようですね、タイラー・ソリス」

「……なんのことだ」

俺が低い声で問いかけると、ガイアが応えた。

「言ったでしょう。あの娘は喋りすぎたんだ。あなたが僕を見つけた時点で、僕も手を回しておきました。裏切り者が粛清《しゅくせい》されるのは、人間の世界でも当たり前のことでしょう？」

「お前、まさか。フェリシーに何をした⁉」

「あなたの想像通りですよ」

俺が問い詰めるのに対して、ガイアはただ目を瞑って平坦な声で言う。

俺は、心臓を槍で一突きにされたような痛みを覚えた。

拳を強く握り、ガイアを強いまなざしで睨みつける。

だが、そんなことでは到底発散できないほどの怒りが、心の奥底から爆発するみたいに溢れ出てきた。

フェリシーが魔族だと分かったからって関係ない。彼女は、俺の大事な家族の一人に違いないのだ。それに彼女だって、最後まで俺を心配してくれていた。

そんなフェリシーが危険に晒されることを許せるわけがない。

「今すぐ出口を開けろ、ガイア。さもなくば、ここでお前を仕留める」

「……おっと、これは恐ろしい。また一段と気迫が増したようですね。ですが……僕もまだ全ての力を発揮したわけではない。そう簡単に通すわけにはいきませんよ」

ただの負け惜しみではないようだった。

ガイアの濃い魔力が、周囲に一気に広がっていくとともに、彼は再びダンジョンの土に同化して姿をくらませる。

さっきまでは本体から強い魔力を感じていたが、それが消え失せている。

「対策くらいはしているのですよ。僕の血で居場所を認識しているというなら、血を用いた魔法で、その認識を誤魔化せば、あなたとて簡単に探知できまい」

ガイアの声がダンジョン内にこだまする。

また、かくれんぼだ。だが、今はそんなものに付き合っている時間はない。一刻でも早く、フェリシーのもとへ行かなければならないのだ。

俺は焦って、出口を探すためフロア内を駆け回る。

だが、どういうわけか、どこにも出口らしいものは見つからない。俺は空虚な空間へ向けて声を荒らげる。

「……扉をどこにやった!」

「答えるものですか。それより、油断大敵ですよ」

足元から土の槍が襲ってきたのは、その刹那のことだった。

俺の反応は少し遅れて、槍が肩をかすめた。

「……くっ!」

「ははは、あなたを簡単にここから出すつもりはありませんよ」

ガイアがこう勝ち誇るが、俺は痛みのおかげで冷静さを取り戻していた。

ガイアの能力は、ダンジョンの壁や地面を自在に動かせるというもの。だがそれはあくまで内部構造の変化にすぎない。

ダンジョン全体の大きさや、外から見た構造が変わっているとは考えにくい。だとすれば、外に出る手段は必ずある。

今必要なのは、今日手ごたえをつかんだ超感覚だ。

あれを使うためには、まず心を落ち着けなくてはならない。

俺は怒りを心の奥底に封じ込めて、体の表面に七属性分すべての魔力の膜を纏わせていく。

自ら使用を避けていた、もっともレベルが低い魔力——闇属性の魔力に合わせて、一属性ずつ順番に身体に帯びていった。

「貴様、なにを⁉」

それを察知したガイアが、多方向から土の槍を放って邪魔をしてくる。

だが、それより先に俺が七つ全ての魔力を纏い終えた。

最後に闇の魔力を加えると、ほんのりと体の表面が光り輝く。

その瞬間、力が全身に漲っていくのを感じた。

あらゆる感覚が、普段より研ぎ澄まされる。

どこから攻撃が迫っているかも、おおまかに察せるようになった。

俺はあっさり土の槍を避けて、刀をダンジョンの内壁に突き刺した。

一見何の変哲《へんてつ》もない、茶色の壁だ。

……だが俺には、ある予感があった。

その思惑通り、刃を刺したところから土壁がぽろぽろと崩れ落ちると、その奥から入り口の扉が現れた。

視認できないよう、土で覆っていたらしい。

「まさか見抜かれるとは……やはり規格外すぎますね、あなたは。ですが、今さらバイオレットのところへ行ったとて遅いですよ」

ガイアの言葉を俺は黙殺《もくさつ》する。

もう遅いなんてことがあってはならないのだ。

間に合わなければならないし、間に合わせてみせる。

「お前は必ずあとで倒す」

そうガイアに告げて、俺はダンジョンから脱出したのであった。

四章　誰が敵になっても

ダンジョンのある森から、ツータスタウンまで俺は急いで引き返す。

だが、先ほどガイアに与えられた肩口の傷のせいで、思うようなスピードを出せない。

そこで俺は、光属性の召喚魔法を使って愛猫を呼び出した。

「呼ばれて飛び出た、キューちゃん！」

すると、宙返りとともに可愛い相棒が姿を見せる。

「ご主人様、ついにボクをめちゃくちゃに抱きしめてくれる気になってくれたのですね……って」

今日とて彼女は元気全開だ。手足を目一杯に開き、にゃんにゃんと甘えた声を出すが、俺の姿を見るやすぐに女の子の姿へと変化した。

「ど、どうしたんですか！　あの悪魔的に強いご主人様がお怪我!?」

「いや悪魔じゃないけどな？　ちょっと油断したんだ。キューちゃんが前に望んだ通りになっちゃったな」

「たしかに『怪我すればいいのに』とは言いましたけど、あんなの冗談ですってば！　大事なご主人様を傷つける奴は、極刑《きょっけい》です、極刑！　どこですか、その不埒者《ふらちもの》は！」

真っ白な毛を逆立てて、キューちゃんは怒り出す。

普段はつぶらなその瞳を強くすがめるキューちゃんを宥めつつ、俺は頼み込む。

「それより今は急がないといけないんだ。治療、お願いしてもいいか？」

「お願いされなくたって、やりますよ！　お急ぎなら荒療治《あらりょうじ》です、覚悟しててください！」

彼女はこう宣言すると、目を瞑って深呼吸を目一杯した。

勢いをつけたと思ったら、まだ血の垂れていた俺の右肩に顔を埋めてくる。

……いや、違った。この感じ、かぷっと噛みつかれている。

痛みはまったく感じない、甘噛みだった。キューちゃんの息遣いを肌に直接感じる。

「き、キューちゃん、な、なにを⁉」

激しい治療法しかできないことは、前々から承知していた。

とはいえ、まさか噛み付かれるとは思いもしない。

俺はとっさに身をひきかけるが——そこではっとする。

「どーですか、ご主人様ぁ。もう痛みなんて、どっかいったんじゃありませんか？」

キューちゃんの言う通り、痛みが完全に消え去っているのだ、この一瞬で。止血もされているし、それどころか、ここへ来る前より調子が良くなっている気さえする。

「……やっぱりすごいな、キューちゃんは」

「そうですとも！　なにせボクはすっごーいご主人様の、すっごーい愛猫ですから。ご主人様の最強伝説についていくためならば、これくらいできないといけませんからね♪」

彼女は再び猫の姿に戻ると、完治しきった俺の右肩に飛び乗り、頬ずりをする。

まったく頼もしすぎる相棒だ。思えば何度彼女に救われたことか。

「……俺、キューちゃんなしじゃ生きていけないかも」

「なにを当然のことを！　当たり前です、なにせボクたち一心同体ですもの！　あ、でも、今のはあくまで応急処置ですからね？」

「応急処置？」

「そうです。本当に短時間でやったので、細かい傷はお家に帰ってから、一晩かけてフルコースで癒して差し上げますよっ！　舐めたり抱きしめたり！」

……少し見直したところで、これだ。

尻尾をぐるぐる回して、暴走気味の彼女を見ると、いつもと変わらない様子に強く背中を押してもらえた気がした。

俺は当たり前の日々を守りたいのだ。当然そこには、フェリシーにもいてほしい。

「だから今はお急ぎください、ご主人様！　なんだか分かりませんけど、とにかく応援しています！」

「ありがとうな、キューちゃん」

「その言葉だけで大満足ですっ。困ったら呼んでくださいね♪　ご主人様なら大丈夫ですよっ」

最高の激励をもらった俺は、彼女の召喚を解く。

風属性の魔力を手足から噴射すると、神速を発動してすぐさま町を目指した。

その道中で、不審な人だかりに出くわす。

全員が黒々とした衣装を身に纏っていて、ただの町人とは思えない出で立ちだ。

彼らに近づいた時、フェリシーがくれたマドレーヌの包みがその光の強さを増す。

あの中心に彼女がいるのだろう。だとすれば、そこが敵陣の真ん中だろうが行かない理由はない。

俺は膝を曲げて大きく跳躍してから、フェリシーがいるのを確認すると、怪しい連中たちが作る輪の真ん中に着地した。

屈んだままの姿勢で横を見たら、フェリシーが目を丸くしている。

こんな状況にもかかわらず、ナイトキャップを被り、ぬいぐるみを抱えた格好だった。

口元は、マドレーヌのせいだろうか、少し粉っぽくなっていた。

「……タイラー」

「待たせて悪かったな」

とりあえずフェリシーが無事だったことにほっとして、俺は彼女の頭を撫でる。

「な、なんだ貴様っ⁉　そ、空から⁉」

周りを取り囲む連中たちの無粋《ぶすい》な声が、俺たちの再会に水を差す。

彼らにとっては、思いがけない登場だったのだろう。敵意剝き出しで、俺に武器を向けてくる。

「……お前たち。フェリシーから離れろ」

そんな男たちに俺は言い放つ。

「な、なにを言っている！　勝手に割り込んできたくせによぉ！　わしらは、そいつと話をつけにきただけのこと！　だいたい計算もできないのか、お前はよぉ。数的にはこちらが有利だ。お前一人でなにができる――」

「御託《ごたく》は後だ。すぐに離れろ、万が一危害を加えようものなら容赦はしない」

もう一度繰り返し、俺は刀に手をかける。

同時にあたりをひと睨みすると、彼らは怖気付いたようで、じりじりと後退していく。

及び腰になったり、尻餅をついて倒れたりしている。

モンスターだけでなく人相手でも、この威圧は効くらしい。

ほとんどのものは言葉を失って、立ちつくす。

けれど、中には耐性のある者もいたようで、集団の中からその中の一人が前へ出てくる。

その男は全身だけでなく、顔までをも黒い布で覆っていた。

「貴様。タイラー・ソリスだな？　どうやってここへ出てきた。あそこはガイア様が塞いでいたはず……！」

「掻い潜って出てきたんだよ。向こうは致命傷だ」

「な、ガイア様が!?　そんなわけがないだろう！」

「嘘なら俺は今ここにいないって」

真実しか言っていないのだけど、どうしても信じたくないようだ。その男は腰に佩《は》いていた短剣を抜く。

「どうせ、バイオレット様の作った幻覚だろう！　お前なんか、ひと思いに消してやる！」

短剣を高く振り翳して、攻撃を仕掛ける黒づくめの男。

「……いや、だからばりばりの生身だっての」

俺の呟きは、もはや聞こえていないようだ。

このまま消されるわけには当然いかないし、殺傷はどうしても避けたい。

俺は風魔法により小さな旋風を作り上げて、向かってくる男へとぶつける。

大した力は込めなかったのだけど、威力は十分だった。

男は見事に弾き飛ばされ、短剣を地面に落とした。

「……ほ、本物！　う、うわぁっ!?」

地面を這うようにして、男がすぐさま引き下がっていく。

これでやっとフェリシーと話ができるかと思ったのだけど……まだ諦めたわけではないらしかった。

集団の中に姿を隠しながらも、その男が声を張り上げる。

「も、戻ってきてください、幻惑の少女・バイオレット様！　私たちにはあなたの力が必要だ。あなたの幻影魔法で、我々に力をお与えくださいー！」

フェリシーに対して、救いを乞うように目を向ける。

俺もフェリシーを見るが、俯いていたからその顔色は窺えない。

「そこの短剣で、そいつを刺すのです！　タイラー・ソリスさえ倒せば、主上《しゅじょう》の赦《ゆる》しも得られます！　さもなくばどうなるかは、あなたも魔族ならば分かっているでしょう!?」

男の叫び声が辺りにこだました。

主上の赦しやら、赦されなければどうなるやら。

俺にははっきり理解できなかったが、フェリシーは男が言う言葉の意味が分かっているらしい。

彼女は裾を強く握ると、とぼとぼ歩いて短剣を拾う。

小さな手で剣を握って引きずりながらも、ふらふらと不安定な足取りで、俺のすぐ手前までやってきた。

髪を左右に振り払った彼女の目は、いつもと違って力が籠められている。

「いいよ」

俺はそう言ってフェリシーを真正面から見据えた。

子供が振る剣だから、避けたり、いなしたりするのは容易いだろうが……それが理由じゃない。

フェリシーが魔族であるらしいのも、なにか理由があって身の振り方を迷っているのは、男たちの口ぶりから分かっている。

だから彼女が刺すというなら、刺されてもいいと思ったのだ。

ただそれでも、一方では信じていた。

どんな理由があっても彼女は俺を攻撃しないと。少しとはいえ、ともに重ねてきた時間を俺は信じたかった。

「そうです、そのまま！　そのままやってください！　このバカな男はあなたを本気で仲間だと信じている！　今ならやれますぞ、バイオレット様！」

男ががなりたてると、辺りを囲う構成員たちもそれに続いて声を上げる。

「刺せ！　やれ！」との掛け声で盛り上がる中、俺はただ目を瞑り続ける。

今唯一できることは、ひたすら彼女の判断を待つだけだ。

それから、どれくらいの時間が経っただろうか。

しばらくして、地面にカランカランと何かが落ちる音がした。

そろりと瞼を開けてみれば、目の前には短剣があった。

その手前、フェリシーは涙の潤んだ顔を上げて、俺を真摯な眼差しで覗き込んでいた。

「……タイラー、刺せない」

彼女はたった一言、こう漏らした。

端的すぎるくらい短い言葉だ。

けれどそこに詰まっていた彼女の思いや葛藤は、痛いくらいに伝わってくる。

自分が魔族で俺が人間であること、本来は敵対関係にあること——

それら全てを差し置いても、俺を刺すことはできないというフェリシーの決意にこちらまで涙腺が緩みそうになる。

だが、そこに……またしても無粋な茶々が入った。

「自分がなにをやっているのか分かっているのですか！　バイオレット様。さぁ、刺すのです！　主上に楯突くということは魔族であるあなたからすれば、それすなわち……」

男は、なおも人陰から喚き立てる。

しかし、その口上を途中でやめさせせんとばかり彼女は一際強い声で男に言った。

「……フェリシー」

「な、なにを言っているのですか？　バイオレット様？」

「バイオレットじゃない、私はフェリシー……！　タイラーは、大切な人！」

辺りを一挙に静まり返らせながらも、俺の心の火をたぎらせる一言だった。

俺が胸を熱くしていると、目の前でフェリシーが膝から地面に崩れ落ちてしまった。

「おい、フェリシー！　どうした、大丈夫か！」

そのまま地面に倒れ込むフェリシー。

俺はとっさに前へと回り込み片膝立ちになると、彼女の身体を抱き止めた。

全く身体に力が入っていないフェリシーが、ぐったりと俺にもたれかかってくる。

「……タイラー」

蚊の鳴くような声で、俺の名前を呼ぶ。

焦った俺は、すぐにキューちゃんを召喚しようとするが、そこで思いとどまる。

彼女が闇属性の魔法を使う魔族だと言うならば、光属性の魔力での治癒は逆効果になることもありうる。

じゃあどうしたものかと考え始めたちょうどその時――

後ろで小さくかちりと音がした。

俺はその音に反応して、フェリシーを抱えたまま飛び上がると、その場から逃走する。

後ろを見ると、大きな火柱が上がっていた。

どうやら爆発する罠が、かなりの数、設置されていたらしい。

「はん、燃えた燃えた！」

「いくら、魔族だからって子供！　ひとたまりもないだろうなぁ、こりゃ！　もう丸焦《まるこ》げよ！」

黒い服の連中が、高笑いして騒ぎ立てる。

残念すぎるくらいめでたい思考のおかげで、逃げる隙は十分にあった。

早くフェリシーの手当てをしなくてはいけない。


「あ、タイラー！　帰ってたのね！」

「ソリス様！　それにフェリシーちゃんも」

住宅地の方まで来たところで、アリアナとマリにばったりと遭遇した。

とにかくまずは口元に人差し指を当てて静かにするように伝えて、そばの路地裏へと姿を隠す。

二人から話を聞いたところ、彼女たちがダンジョンを出て屋敷へ戻った時には、フェリシーはいなくなっていたらしい。

サクラとエチカに屋敷内の捜索を頼んで、自分たちは町の端から端までを探し歩いていたところ、町外れが騒がしいのに気付いて、ここまで走ってきたということだった。

「タイラーは無事でよかったけど……」

フェリシーの様子を見たアリアナが消え入るような声で言う。

その先に何を言わんとしているかは、わざわざ尋ねるまでもない。

フェリシーは俺の腕に抱えられ、いまだぐったりとしており、さらに弱っている気さえする。さっきから呼吸も浅い。

「……フェリシーちゃん」

マリが悲壮な声で、彼女の名を呼ぶ。

「キューちゃん様で治せないのです⁉」

続いて俺に視線を向けて、上目遣いで懇願するけれど、俺は首を横に振った。

「どうしてですの？　あのお猫様ならなんだって治せるんじゃ」

「できないんだよ……フェリシーは……魔族だから」

言いにくいことではあったが、誤魔化したままにもいかなかった。

俺の告白に、二人は目を見開いたまま固まる。

驚きのあまり言葉を失ってしまったらしいが、アリアナが先にぎこちなく口を開いた。

「魔族って、前に言ってた、テンバスと関わってた闇属性魔法を使う組織のことよね」

「そういうこと、らしいよ。俺も最初は信じられなかったけどさ」

「……ってことは、この子も敵ってこと？」

それは違う。その気持ちを込めて俺はまた首を横に振る。

「たしかに魔族自体は敵かもしれないけど、フェリシーは違う。さっきも俺のことが大事だって、ちゃんと言ってくれた」

「フェリシー……そっか、この子ならそう言うわよね」

アリアナは少し目を細めて、慈しむようにフェリシーの前髪を撫でる。こそばゆかったのか、彼女の瞼が重たげながら開いた。俺たち三人の顔をじっと見た後、彼女は薄目になる。

「……ありがとう」

そして、掠《かす》れ声でそう漏らしたかと思えば、彼女は言葉をつっかえさせながらも続けようとした。俺たち三人が無理をしないよう止めるも、フェリシーは話し出す。

「……たしかに私、魔族。だから人間は敵。そう教えられてきた」

一言一言ゆっくりと、フェリシーは吐露《とろ》する。

「……けど、私、昔から人を殺せなかった。だから決闘、ガイアに参加させられた。無理に人を殺させるため。それが一人前の魔族になる条件、強くなれる条件だって」

そのタイミングで決闘を止めたのが俺たちだったらしい。

はじめは情報を集めるためのスパイ、さらには俺たちを暗殺する刺客《しかく》として、屋敷に潜り込まされたようだ。

「……でも、タイラーもアリアナもマリも、エチカもサクラもいい人。だから私、魔族裏切った」

間はかなり端折られているが、ガイアから聞いていた話とも合致する。

俺がガイアを見つけたことで、奴はひそひそと行動する必要がなくなり、同時に使えなくなったフェリシーを始末するよう、部下に命令したのだ。

フェリシーがこほっと咳き込む。

「おい、大丈夫か、しっかりしろ！」

フェリシーを抱えた腕を揺すると、彼女は目の端に涙を滲ませる。

苦しいに違いないのに、その表情は安らかだ。

「ありがとう、タイラー。アリアナ、マリ。最後に、幸せ見つけられた」

「最後……？」

「魔族は、主上から闇の魔力もらわないと生きれない。私、裏切り者。だから、魔力もらえなくなる。もう終わり。これまでありが……と」

ふっと、蝋燭《ろうそく》の火が自然と消えるみたいに、フェリシーの薄い瞼が、完全に閉じてしまう。

微笑みの浮かんでいた口元がふっと緩み、全身の力が抜けていった。

「おい、フェリシー！　嘘だろ、フェリシー⁉」

必死で揺らすも、もう反応はない。

それを見て、マリは顔を覆うと、声を上げて泣き始めてしまう。

「……うぅ、なんでこんなことになるんですの。もっと一緒にいたかったのに」

「マリ。静かに。見つかっちゃうでしょ」

マリを宥めるアリアナも、大粒の涙を流していた。

俺は悔しさから、ぎりっと歯を噛む。

やりきれない思いでいっぱいだった。

彼女は幸せだと言っていたけれど、辛い思いをした分、もっと幸せになってもらいたかった。

『幸福』という意味の『フェリシー』という名前が似合うくらい、幸せにしてあげたかった。

その悔しさや悲しさから、腕に抱えたフェリシーに目を落とすと、そこであることに気付いた。

「……まだ、死んでない」

心臓が動くのが、抱えた腕から伝わってきたのだ。

魔力が足りずに衰弱しているだけで、完全に息絶えたわけではない。

「ソリス様、ほんとですの!? じゃあ、まだ間に合いますの!?」

マリは顔を勢いよく上げて俺を見つめる。

「でも、どうするのよ。あの化け猫に治せないってなると治療の手段が……」

アリアナは、鎮痛な面持ちのままながら俺に尋ねる。

そう、キューちゃんによるヒールはきっと逆効果になってしまう。

——けれど、策がないわけではない。

さっき彼女自身は、主上から与えられる闇の魔力により自分は生かされている、と言っていた。

ならば、その主上とやらの代わりに、俺が魔力の供給源になればいいのだ。

少し違うかもしれないが、よく似た性質を持つ闇の魔力ならば俺だって使うことができるし、魔力量だって、使えきれぬほど有り余っている。

「それで、どうされますのソリス様」

「まぁ見ててくれよ。要するに、マリと奴隷契約を交わした時と同じだからさ」

「……わたくしと？　ということは、フェリシーちゃんも奴隷になさるの？」

いいや、と俺は否定する。

奴隷契約は血の契《ちぎ》りにより魔力の全てを与えて結ぶものだが、今回フェリシーに与えたいのは、闇属性の魔力だけだ。

となると、少しやり方を変える必要がある。魔法が使えない頃から、欠かさず勉強をしてきた成果が活かせそうだ。

なにせもう滅びた属性だからと誰もが見向きすらしなかった闇属性魔法の詠唱や、発動方法も頭に入っているのだから。

俺はまず地面に座すると、膝上にフェリシーの頭を置いた。

そのうえで、彼女の額に向けて、三角に作った両手をあてがう。

身体を流れる血と魔力を強くイメージして、目を瞑った。

「『パレントテイム』……！」

そして、詠唱とともにフェリシーに魔力を流し込む。

契約魔法・パレントテイム――この魔法はもともと、闇属性魔法をその血に宿す人々が、モンスターたちを使役するために使用していたものだ。普通はダンジョンにのみ生息できるモンスターを外へ連れ出すために使用するのが主だったらしい。

ただし、テイムする相手次第ではかなりの魔力量を必要とするうえ、モンスターが制御不能になれば、暴走の危険性もある。そのことから歴史的に使用の規制がかかっており、また闇属性魔法が迫害される今となっては使い手であるテイマーはいなくなった。

そんな記載を目にしたことがある。

「フェリシーが魔族なら……モンスターと同じような闇の魔力が流れているはずだよな、きっと」

俺はそれを信じて、ひたすら彼女に魔力を流し込んでいく。

間もなく、黒々しいもやが手のひらから立ちのぼってきた。

「タイラー、大丈夫なの？」

「ソリス様……」

アリアナとマリが祈るようにして、こちらを見守っていた。

俺だって、不安は尽きない。

テイム魔法自体初めてなのに、モンスターではなく、人同様に心を持つ魔族にかけるなど史上初の試みかもしれない。

が、他に手立てもないのだから、もうやるしかなかった。

俺がそのまま魔力を込めていくと、フェリシーの眉間にぴくりと力が入った。もう少しだと信じてさらに続けると――

伏せられていた彼女の柔らかそうなまつ毛が、ふっと上に向き、その奥から綺麗な紫紺の瞳が覗く。

「フェリシー、目が覚めたか!?」

予想外だったのは、顔を覗き込んだ時に彼女が急に頭を上げたことだ。

でことでこを、思い切りぶつけ合ってしまった。

「いったぁ……！」

しかし、頭を押さえて痛みに呻いていたのは、俺だけだ。

「タイラー。私、なんで。どうして死んでない？」

フェリシーは、頭をぶつけたのも気にせずに、平気そうにけろっとしている。

ただこの状況にはよほど驚いたようで、吐息をこぼすような小さな声で尋ねてきた。

俺が答えるより先に、彼女がマリとアリアナに両脇から抱きつかれていた。

「フェリシーちゃん！　よかった……！」

「ほんと奇跡よ、これって！」

二人から嗚咽が聞こえる。

マリに至っては、顔を涙でぐしゃぐしゃにしていた。

「……二人とも、大袈裟《おおげさ》すぎ。あと、ちょっと苦しい」

フェリシーは、戸惑ったように左右の二人を交互に見る。

「大袈裟じゃありませんわよ！　むしろ、まだ足りないくらいですわ」

「そうよ！　本当にいなくなっちゃうのかと思ったんだから！」

俺の膝上で寄り固まる三人の様子に、俺は安堵を覚えた。

とにかく、フェリシーを助けることができてよかった。

本当ならば、俺も目一杯に抱き締めたいところだったが、まだ全てが終わったわけではない。

込み上げる涙を気付かれないように拭って、フェリシーの頭に手をのせた。

温かくて小さな頭を、数回撫でる。

「もう大丈夫だからな、フェリシー」

「……どうして。私、主上の魔力、切られたはず、生きていけないはず」

いまだに信じられないといった様子でフェリシーは目を瞬かせる。

「それなら、今後は心配ないよ。主上とやらの代わりに、俺が魔力供給源になったからな」

「魔族が使う魔力、かなりの量。しかも常時使ってる。普通は人に供給できない。タイラー、無理してる？」

「あー、それなら心配ないよ。俺、魔力量は人よりかなり多いんだ」

俺の答えにまだ納得がいっていないのか、フェリシーの表情は変わらず硬い。

そんな彼女の不安を取り払うように、アリアナは一度抱擁《ほうよう》を解いて、彼女の手を握る。

「強がりじゃないから安心しなさい。普通の冒険者が百人で束になっても敵わないくらい、タイラーの魔力は圧倒的だもの！」

「えぇ、わたくしも奴隷ですから愛の証として一部の魔力をもらっていますが、まだ有り余ってますわ」

マリの補足は若干不適切だったけれど、おかげでフェリシーの表情が少し緩む。

しかし、またすぐに俯き出してしまった。

こうなったら、気になることは全部解決しよう。

俺はそんな気持ちで胡座をかく。

「まだ心配なことがあるのかー？　なんでも聞くから、言ってみろよ。ちなみに、どこかに預けるってことはもうしないから安心しろよ。フェリシーも、もううちの家族だからな」

「……でも私、魔族」

「それがどうかしたか？」

「さっきも言った。魔族、人の敵。私だって、人に幻覚見せたりした。危害加えた」

「自分から好きでやったわけじゃないんだろ」

「……そうだけど。私がいたら、タイラーたちも裏切り者扱いされるかも。よくない、危ない」

たしかに、今後そうなることもあるかもしれない。人も魔族も、両方とも敵に回してしまう可能性もゼロではない。

だが、それを理由にフェリシーを見捨てるという選択肢はない。

誰に非難されようと、誰が敵に回ろうと、だ。

そもそも俺が刀を振っているのは、国のためや権力のためではなく、そばにいる大切な人を守るためだ。

それは、マリやサクラを家族にした時から変わらない。

国に追われる危険なんて、とうの昔に承知していた。

俺はにっと笑い、フェリシーの頭をもう一度撫でる。

「いいんだよ、裏切り者になっても」

「……本当に？」

「あぁ。誰が敵になっても、俺たちはフェリシーの味方でいる。これはもう決めたから変えない」

俺がこう言うと、アリアナもマリも一緒になって頷いてくれる。

俺は皆の顔を見てから、フェリシーに小指を差し出した。

「ほら、約束だ。って、やり方分かるか？」

「……分かる。人がやってるの見たことある」

小さな手の、さらに小さな指を彼女はピンと立てる。いまだ遠慮がちに近づけてくる彼女の指を、俺の方から捕まえた。

「うん、これで成立だな」

「約束……絶対？」

「おう、約束は絶対だ」

こくっとフェリシーの首が縦に振られる。

その無言の返事に心底ほっとして、少し脱力する俺。

しかし、平穏な時間は長くは続かない。

「おい、この辺りに逃げてるかもしれねぇ！　探せ！」

そんな声が表通りから聞こえてきて、束の間の平穏を切り裂く。

時間が経って、俺がさっきの爆弾トラップを回避したことが連中に気付かれたようだ。

「どうせバイオレット様……いや、あのガキは主上からの力を失って倒れている頃だ。いくらあのタイラーとやらが強くても、大事にしてたガキが息絶えたんじゃあ、ショックで実力も半減するだろうよ！」

フェリシーが生きているとはつゆほども思っていないらしい。

今なら俺を倒して手柄を上げられると思って、皆が士気を高めていた。

彼らのうち何人かが、俺たちが身を潜めていた路地裏へと入ってくる。

居場所が他の連中にまで伝わると、面倒だし、氷漬けにでもしてやろう。

俺は刀に手をやりながら立ちあがろうとするが、フェリシーが俺の服の袖をつまんで引き留める。

アリアナやマリも彼女に制止されていた。

俺が声を出そうとすると、今度は両手で口を覆われる。

こんなことをしていて、今襲われたらどうするのだろう。

焦っていたこともあって、俺は違和感に気付くのに少し遅れた。

絶対に見えているはずの距離感であった。

いくら日が落ちて薄暗い時間帯の路地裏とはいえ、手を伸ばせば触れられるくらいの距離だ。

しかし、路地裏へとやってきた二人組は俺たちの方を全く見ないまま、目の前を素通りする。

「ちっ。なんだ、ここはハズレみたいだな。人っ子一人いやしねぇ」

「そう焦らなくてもいいだろ？　どうせ、この町はもう捨てるしかないって話だ。見つからなかったら、最後は住民ごと燃やしてしまっていいんだ。さっさと次行くぞ」

二人の男は踵を返して、表へと戻っていった。

「なんだったの、今の。え、私見えなくなっちゃったの!?」

「わたくしにもまったく分かりません……！」

二人の反応に、俺も完全に同意する。

この場でこんな芸当をできるとしたら、一人しかいない。

「フェリシー、今のは何かやったのか？」

「……幻影魔法。魔族は皆、固有の特殊魔法持ってる」

「それって、ガイアがダンジョンを動かしたみたいな？」

「そう、ガイアは大地を司る魔族。私は、幻影を作れる」

「……ということは、あいつらには誰もいない路地裏の光景が見えてたってことか？」

「うん。見抜かれるかどうかは相手の力量と、意識がこっちにどれだけ向いているか次第。あの人たち相手なら、気配も消せる」

彼女が言うには、マリがフェリシーを預ける孤児院を探していた時も、この魔法を使うことで申請書類を落書きへと偽造していたらしい。そりゃあ引き取ってくれないわけだ。

まさかの事実に、マリは少し唇を尖らせていた。

書類の偽造、強制労働の工場が忽然と姿を現した現象、どちらもフェリシーの幻影魔法によるものだと考えると合点がいく。

工場の件は、おそらくガイアの指示を受けて、フェリシーが幻影魔法で隠していたのだろう。

……どうやら、かなり用途が広そうな魔法だが、まだ全容は分からない。

ピンチなのも忘れて、俺の探究心が胸の奥で疼いた。

「詠唱なしで発動できるんだな」

「うん、いらない。でも頭の中では『幻影に惑え、ミラージュフェイク』って唱えてる」

「なるほど。発動する時は、どう魔力を練り込んでるんだ？　それと、全部同じ魔法を使ってるのか？　……おっと、ごめん、忘れてくれ」

うっかり、質問攻めにしてしまった。

俺は自分の口を塞いで、いったん反省する。

今さっき通りがかった男たちから、とんでもない情報も聞いてしまったことだし。

「……町ごと燃やすとか言ってたよな、あいつら」

俺が立ち上がると、三人も続いてくれる。

「させないわよ、そんなこと。私たちが対処する。水属性魔法は、消火に最適だしね♪　久々に出動よ」

アリアナが腕を回しながら言う。

「お手伝いしますわ、アリアナ様。まずエチカ様とサクラを屋敷から避難させましょう。そのうちにソリス様はそのガイアって親玉のところまで、行ってくださいな」

「私も行く、ガイアのとこ」

マリとフェリシーがそれぞれ俺に視線を向けた。

二人の言葉は相変わらず頼もしいが、フェリシーの発言に俺は待ったをかける。

「フェリシーはアリアナたちと行った方がいいと思うぞ」

「でも私、ガイアのことよく知ってる。それに、ガイアを倒さないと私、タイラーたちについていけない。ガイアは、私の敵」

フェリシーは訴えるように、俺をまっすぐ見上げる。

普段とろんと眠そうな瞳に、今は力が篭っていた。

「私、戦える」

いつか聞いたのと同じセリフだ。だが前回と違って、説得して聞いてくれるような雰囲気は、まったくなかった。それに、普段滅多に主張をしない彼女の思いを無下にするのも気が引ける。

俺は悩んだ末に、首を縦に振った。

「……分かった。ただし、俺からあまり離れないでくれよ」

「うん、そのつもり」

フェリシーの小さな手が俺の片手を握るが、このままでは動きにくい。俺は上着を一度脱いで、彼女を背中に抱える。そして脱いだ上着で俺とフェリシーを結んでから、すぐに動き出した。

まずは路地裏から顔を覗かせ、表の様子を伺う。

「あいつら、あんなに多かったか……？」

黒い服の連中が、徒党を組んで、あたりを巡回していた。

かなりの人数だ。

見つからずに進むのは、かなり難しそうだと感じた。

「どうせ見つかるんだったら、ぱぁっと派手にやる？」

アリアナが大胆なことを言い出す。

戦いたくてうずうずしているのかもしれないが、リーダーとしてそれには賛同しづらい。

「あんまりことを荒立てたらまずいだろ。それに、住民に迷惑もかかる」

「でも、じゃあどうするの」

「……私に任せて」

フェリシーはそう会話に割って入ると、両手を握り合わせる。

同時に俺が身体の内側へ意識を向けると、フェリシーの方へ闇属性に変換された魔力が流れているのを感じた。

魔法を発動した後、アリアナとマリの服装がゆらりとした紫の煙とともにすり替わる。

「これで、アリアナとマリ、あいつらと同じ服装になった」

「ほんとですわ、真っ黒ですの！」

「しかも顔も隠れてるし、これなら紛れ込めるかも……趣味はかなり悪いけど」

やっぱり、この魔法はかなり便利だ。

「タイラーにも同じ魔法を――って、あれ」

俺が感心していると、フェリシーが首を捻る。

「どうかしたか？」

「だめ、これ以上は魔法使えない」

そう言われて、俺はマリと行った上級ダンジョンでの訓練を思い出す。

あの時のマリも、初めて使う俺の魔力をうまくコントロールできていなかった。

同じ現象が、フェリシーにも起きているようだ。

「まだ俺の魔力が身体に馴染みきってないみたいだな」

「じゃあ私たち、ここで待機？」

「いや、そういうわけにもいかないだろ」

こうしている間にも町を焼き払うという男たちの計画は進むし、ガイアに負わせた傷も癒えてしまうかもしれない。

フェリシーが魔法を使えないなら――俺は目を瞑り、意識を身体の底へと潜り込ませる。

川の流れが時とともに変わるみたく、魔力の流れも使う魔法によって変化する。

逆に言えば、魔力の流れをそっくり真似れば、たとえ固有魔法であれ再現できない魔法はないはずだ。

幸い、直接的にフェリシーの魔力の流れを体感できているおかげで、彼女が幻影魔法を使った時の感覚は残っている。

――幻影に惑え、ミラージュフェイク。

フェリシーと同じように、脳内でこう唱えた。

すると、紫の煙が発生して、俺とフェリシーを覆う。

「フェリシーちゃんが消えた!?　それにソリス様も黒服に……」

マリが慌て出す。

しかし、二人には見えていないかもしれないが、術者となった俺には見えている。

「いいや、ここにいる。触れれば分かるよ。俺が幻影魔法で隠したんだ」

不思議な感覚だった。発動者には幻影が作った光景も現実も、どちらを見ることも自在らしい。

フェリシーが呆然としながら尋ねる。

「……タイラー、これどうやって。私にしかできないはず」

「フェリシーにパレントテイムをかけたからかな？　魔力の流れがはっきり分かったから、真似してみたんだ。うまくいってよかったよ」

「なに、それ」

フェリシーはそれきり言葉を失った。

俺自身、ここまで綺麗に使えるとは思わず、喜びよりむしろ、驚きのほうが大きい。

「まぁフェリシーもいつか慣れるわよ。タイラーなら、これくらいねぇ？」

「ですわね、これまでも何度見てきたことか分かりませんわ。ソリス様には朝飯前ですの！」

俺以上にアリアナとマリは深く頷き合って、この状況を受け入れていた。


幻影魔法による変装は、うまくいっているようだった。

何食わぬ顔で黒服の連中たちの中に混ざったのだけど、誰にも指摘されない。

「おい、聞いたか？」

それどころか、無警戒に話しかけてくる男もいる。

情報を収集するには、うってつけの魔法だと言えた。

「なんのことでしょう？　わけあってさっき合流させていただいたばかりなんです」

俺は笑みを作って、白々しく聞き返す。

すると、男はニタニタ笑って顔を近づけてきた。

「そうか、なら教えてやろうとも」

これは、組織にのみ共有されている秘密の情報が得られるかもしれない。

「なんでも、うちの女性部隊に超まぶい女の子がいるらしい。私はさっき見てきたのだが、なかなかどうして可愛いんだよ」

期待していた内容とまったく違い、俺は肩透かしを食らった。

そういう話かよ！

思わず突っ込みそうになったが、そんなことで正体がバレたら笑えない。

俺は適当な相槌で男に話を合わせておいた。

背中におぶっていたフェリシーが、本当に小さな声で「……タイラー、下世話《げせわ》」と呟いたが、それにも反応しない。

幻影魔法の効果により、男は俺のことを一切疑わなかった。

試しに小さな賭けで、俺はなにげなく呟いてみる。

「それにしても、すごい人数ですね。ここまで大胆に行動するなんて、この組織に入って以来初めてですよ」

こちらから話しかけるリスクは大きいだろうが、もしかしたら情報を得られるかもしれない。

「はは、私もそうさ。でも、なにからなにまでうまくいってる証拠だろう。タイラー・ソリスは今頃ガキを失って狼狽していて使い物にならないだろうし、この町の警備隊はあっさり捕縛に成功した。あとは町ごと焼くだけ、簡単なことさ」

警備隊の話を聞いて、思わずぴくりと眉が動く。

それでも動揺を悟られないようにしていたら、男は話を続けた。

「まぁ、ガイア様は慎重なようだけどな」

「というと？」

「まったく。君は何も聞かずに来たのか？　外から援軍も呼んだそうだよ。それでこの大所帯になったんだと」

なるほど、さっきより人が増えたと思ったのは気のせいではなかったらしい。

ここまであっさり話してくれるならば、聞き方次第では火をつけるまでの手はずも教えてくれるにちがいない。

それさえ引き出せれば、計画を防ぐ手立ても考えやすい。

話をよく聞いてもらうため、俺は背後を歩くアリアナとマリに、こちらへ近づくようこっそり合図を出す。

「それで町を燃やすのはいつから？」

俺がそう尋ねたところで、途端に辺りがざわざわし始めた。

「言ってたら、その援軍の大将さんがお出ましのようだ」

男が見ている方向に顔を向けると、人垣ができていた。その奥の様子がはよく見えないと思っていたら、馬のいななきとともに徐々に誰かが近づいてくる。

構成員たちが両端へとはけて、道が開けていった。

近くまで来た『援軍』の正体を目前にして俺は目を見開く。

「……嘘だろ」

目の前の光景を疑うが、幻影魔法にかけられているわけでもない。

馬上で脂の乗った四角い顔を顰めていたのは、紛れもなく領主代理のワンガリイ伯爵だ。トレードマークの赤ではなく、連中と同じく黒い衣装を纏っているが、その短く赤い髪は彼しかいない。

「……どうして」

「どうしてって、お前……!?　ん？　服が変わっていってるぞ!?」

あまりの衝撃と動揺で、知らずのうちに魔法が乱れてしまっていた。

しまったと思った頃には、もう遅い。

特に繊細さの求められる幻影魔法には、影響が大きいらしい。

自分とフェリシーに纏わせていた闇属性の魔力がするすると解けていく。

「貴様、タイラー・ソリス……！　それに後ろにおぶってるのは、あの魔族のガキじゃねぇか！　死んだはずなのにピンピンしてるぞ!?」

敵軍の真ん中にて、正体が露見《ろけん》してしまった。

後ろを見れば、アリアナやマリの姿も元通りになってしまっている。

俺の魔力の乱れが、フェリシーの魔法にも影響をもたらしたのだろう。

「おい、フェリシー……どうするよ、これ」

「私に聞かないで」

確かにそのとおりだ。

幸い、突然のことに敵も動揺していた。

俺はその隙を見逃さず、すぐにライトニングベールを張り、味方のみを囲う。

「な、なんだあの壁は!? 眩しい！」

「くそ、この人数の魔法が弾かれるなど前代未聞だぞ！」

一時的な安全こそ確保できたが、このままでは防戦一方だ。

屋敷にはサクラとエチカもいるし、派手に暴れれば町人に危険が及ぶことも考えられる。

「タイラー、予定は変更なしよ。行っていいわ」

「はい。ここは任せてください」

アリアナとマリが俺を送り出そうとする。

だが、ライトニングベールがギリギリ軋むのを見ると、二人を残すという判断は下せない。

「そんなわけにはいかないっての。数が多いうえに、実力も低くはないぞ、こいつら」

「でも、じゃあどうするのよ。ここでずっと守ってても、タイラーの魔力が無駄に減っちゃうだけよ？」

アリアナの指摘に俺は唸る。

確かにこのままでは、無駄な消耗《しょうもう》戦を強いられて、勝ち目が見えない。

「始末は頼んだぞ、お前たち」

こちらが考えあぐねているうちに、ワンガリイ伯爵は俺を馬上から一瞥してから、後方へと下がっていった。

一方の俺は、逆転の一手を練る。

仲間も町も人も、その全てを守ったうえでガイアを討つ。

実現するのは、かなり難しい内容だ。

だがしかし、どれを諦めるわけにもいかないと、頭を痛めていたときのことだ。

一筋の光が差し込むかのごとく、人だかりの奥から剣がぶつかる音が響き始めた。

そしてその喧騒は、徐々にこちらへと近付いてくる。

やがてその中から、聞き覚えのある声が耳に届いた。

「よしお前たち、まずは町人の保護に当たれ！　きっとタイラーさんなら、それを優先する！」

サカキが全体に指示を出す。

「……なぜお前が仕切る」

「はは、いいではないか！　ワイが一番の実力者なのだから」

「いいや、認められん。こたびの事件、タイラーさんの信用を得るのは、この拙者だ！　必ずや、手柄は拙者が！」

言い争いをするナバーロの声もあった。

「たしか、ガイアの手先に捕まってしまったはずじゃ……」

面食らった俺だったが、さらなる驚きが待っていた。

電光石火《でんこうせっか》のごとく敵陣を崩して、猛然と駆けてくる者の姿を視界に捉える。

その水色のツインテールは、雷魔法に照らされて輝きを放ちながら揺れていた。

飛び上がっても、実に美しい身のこなし。さすがは一流の剣士だ。

「てめぇ、とっとと引っ込みやがれ！　黒焦げになる前にな！　『シュアヒットサンダー』！」

荒々しい言葉遣いに、戦闘中の豹変っぷり……そして、べらぼうな強さ。

心強い味方のランディさんが現れた。

彼女は向かう敵を次々に薙ぎ倒して、俺たちの前までやってくる。

はじめは、戦闘中ということもあってか、しかめっ面を見せていたが、俺たちと目を合わせるや
彼女はぎゅっと目を瞑る。

それが切り替えのサインだったようだ。

片足で跳ねてから、華麗に半回転。

刀を敵に向けながらも、顔だけ振り返ってばっちりウインクを決めた。

「やっほ、タイラーくん♪　ランちゃんが可憐に助けに来ちゃったよ」

こんな状況で呑気に耳元でピースまで作れるのは、ランディさんくらいのものだろう。

敵の援軍も予想外だったが、助っ人も意外な人物だった。

「ランちゃん、なんでここが……」

「えー、忘れたのー？　はじめに言ってたでしょ。私も未開のダンジョン調査に回されてるって！」

ここへ赴任する前、ヘイヴン家の屋敷でランディさんと話した時の記憶が蘇る。

「新しくできたダンジョンの調査に、私も駆り出されてたんだよねー。そしたら、黒い服の集団がぞろぞろ山を通って、この街に向かっていくのが見えたの。怪しいったらなかったよ」

「……じゃあ警備隊の皆は」

「私が助けたよ～。ちょうど捕まっていたところを見つけたからね。やるでしょ！」

ランディさんは軽々しく言うが、俺たちにしてみれば、そんな簡単なことではない。

「なにからなにまで……！　本当にすごいです」

「ですわね。まるで女神様ですわ、ランディさん！」

その思いはアリアナとマリが代わりに表現してくれた。

「もう、やだ。照れるなぁ～。ランちゃんなんて、ただの女の子だよぉ」

照れたように、桃色に染めた頰に右手を当ててるランディさん。

その一方で、後方から飛んできた矢を一切見ずに刀ではたき落とすのだから、ただの女の子でないことは誰でも分かる。

「って、お喋りはあとだねー。今は戦わなきゃだし？　警備隊の皆も必死だったから、それに応えてあげて」

「……必死、ですか」

「うん。本気でタイラーくんの力になりたいって思ってるよ、あの人たち。師匠のためにも、この街を守るんだって息巻いてた」

師匠になった覚えはやっぱりない……けど、その頼もしさは、彼らを警備隊に選んだことが間違いでなかったと証明しているようだった。

「君の人望だね。ランちゃんも、君たちだったからここまで早く助けにきたんだよー。アーちゃん、マリりんは、可愛いし、タイラーくんは……えっと、大事だからね！　いてもたってもいられなかったもん」

ランディさんは少し早口になり、頬を赤らめる。

だんだん照れ臭くなってくるが、なんとか冷静さを保って答える。

「……人望なんて、そんな。俺はただ、いい仲間に恵まれてるだけですよ」

「あは。そう思える君だから、皆ついてきたのかもね」

俺は、少し先で戦闘を繰り広げる警備隊たちに再度目をやる。

彼らが俺のためにと思ってくれているのなら、その思いに報いなくてはなるまい。

俺は一拍置いてから声をかける。

「アリアナ、マリ」

「うん、こっちはもう大丈夫。だから、二人はもう行って？」

「どうにか食い止めてみせますわ」

二人の歯切れよい返事に、俺は一つ頷く。

ランディさんがきてくれたならば、百人力だ。もう後ろを心配することはない。

「行くぞ、フェリシー。よく捕まっておいてくれよ」

俺はライトニングベールを解く。

続けて両手足から、風属性の魔力を後方へと噴射した。

一気に、敵が群れをなす前方へと飛び出て、さらに風に捻りを加えることで、気流を作り出して加速した。

「うわっ⁉　な、なにが通ったんだ⁉」

仲間の思いに後押しされたのかもしれない。身体が浮くほどの速さであった。

敵が状況把握すらできていないうちに、一気に森まで突入する。

ダンジョンの手前までたどり着くと、ガイアの待つダンジョン唯一の入り口に人影があった。

ここを塞がれては、通り抜けることはできない。ゆっくり減速して、着地する。

「……ワンガリイさん」

「まさかこうして対峙する日が来るとは、ゆめゆめ思わなかったよ、タイラー殿」

避けては通れぬ戦いらしい。

俺は刀を抜き、正段に構える。

「いつから、ガイアの手下になったんです？」

俺は睨みを利かせながら、攻撃へ出る姿勢は示しつつ尋ねた。

急ぎたい気持ちもあったが、このことだけは知っておきたかった。

あれだけ熱い気持ちで公務に励み、領地のことを考えていた彼だ。

マリも昔から働き者だったと言っていたのに……そんな人がなぜガイアにつくことになったのか、その訳が気にかかった。

ワンガリイさんは、武器である長槍の石突を地面に突く。

しばし渋面を浮かべたあと、わざとらしく口角をあげた。

「……遅かったんだよ」

「なんのことですか」

「私としても大変大変、遺憾なことだったのだよ、はじめは。魔族という存在が、この国にとってよくない影響をもたらすことは当然知っていた。憎んですらいたさ。初めてガイア様に会った時には刺し違えても倒すつもりだった」

「だったらどうして！」

しかし、と彼は話を切り替える。

「ガイア様はとても強く、そして狡猾な方だった。敗れた私が味方になるのを拒むならば、領土を全て灰にし、民をも一人残らず殺すと言った！　私に、信念と領民を天秤《てんびん》にかけさせたのだ！」

半ば吐き捨てるように、彼は声を荒らげた。

なんて惨《むご》い選択肢だろうか。

その状況を思い浮かべて俺は唇を噛む。

「そして、ご覧のとおりだ。私がなにを選んだか分かるだろう？　私はガイアの手先となり、ソリス殿を町に出さないように業務を押し付けたり、その少女を取り返そうともした。秘密施設の摘発で捕まった連中も解放した」

ワンガリイさんは脅しに負けて、ガイアの配下についたのだ。

「じゃあ遅かったっていうのは……」

「君のことだよ、タイラー・ソリス殿。君がもう少し早く現れていたのなら、私は堕ちずに済んだのかもしれない」

「なら、今からでも遅くはないんじゃないですか」

「いいや、そうはいかない。私はすでに力を与えられた身だ。もう潔白《けっぱく》ではないのだよ」

そう言うなり、彼が握った槍にどす黒い魔力が纏わりつく。

ガイアの放出していた魔力と同じ感覚が、肌に伝わってきた。

「……やるしかないってことですか」

「そういうことだ。大変大変心苦しいが、私もガイア様から、君を通さないよう言いつけられている」

どうやら、避けられない戦いらしい。

ワンガリイさんは、槍を自らの前で回転させる。

俺が様子見をしているうち、その速度はだんだんと上がっていき、闇の魔力の乗った風が巻き起こる。

あらゆる行動パターンを考えていたのだが、それらの予測は全て外れてしまった。

「覚悟していただこう、タイラー・ソリス殿！」

ワンガリイさんは、黒い炎を纏わせた槍をまっすぐに突き出して、走り込んできたのだ。

一番単純ゆえに効果的な突進が、ワンガリイさんの得意技らしい。

俺はまず後ろへ飛んで、距離を取る。

「食らうがいい、『シャドーウェイブ』！」

「ライトニングベール！」

槍の先から飛ばされた黒い衝撃波は光属性の防御壁で相殺した。

普通ならばこれで怯むのだが、彼はなおも突撃してくる。

そのタフさに驚くほかなかった。

ベールと槍の穂先がぶつかった。

剛腕による力と、闇属性魔法による力、二つのエネルギーが一点に集中する彼の攻撃はかなりのものだった。

が、それでもベールは壊れない。軋んで、めりめりと音を立てるが、俺たちをしっかり守る。

「おぉぉぉ！」

雄叫びをあげるほどの気迫でも、それだけじゃ貫通はしない。

諦めずにベールに槍を突き立てる彼に、俺は正面から改めて想いを伝える。

「……ワンガリイさん、俺はあなたと戦いたくない。まだ遅くなんかありません。これからでも」

「悪いが、聞けない話だ！　私はそう何度も立場を変えない！」

聞く耳は持ってくれないようだった。彼はなおも槍を捩じ込もうとしてくる。

「『バーニングイクスプロジオン』！」

その穂先が一瞬強い光を宿したと思えば、一瞬にして視界は真っ白に覆われていた。

穂先が、魔法により爆発したのだ。

ライトニングベールがひび割れて、砕け散る音がする。

爆発より先に回避していた俺は、背中におぶったフェリシーをすぐに確認した。

うん、ちゃんと無傷だ。

「……タイラー、余裕出しすぎ」

なんなら憎まれ口を叩く余裕さえある。

「そうじゃないよ。超感覚使ってるからな。実際、ちゃんと反応しただろ。それよりも……」

ベールのあった箇所、立ち上る煙や粉塵《ふんじん》に俺は目をやる。

その奥で黒い影が揺らめいたと思ったら、ワンガリイさんが出てきた。

身体中、傷だらけであった。

肩口からは血がだらだらと流れ、まともに歩くこともできていない。槍を杖代わりによろよろ歩く。

だが、そこからまた大声をあげ、こちらへ突っ込んできた。

「……捨て身戦法。自分はどうなってもいいらしいな」

「あの人、危険すぎ。タイラー、どうするの。倒す？」

呟く俺に、フェリシーが問いかける。

あの向こう見ずっぷりだ。

少し策を用意すれば、ただ倒すのは難しくないかもしれない。

けれど、この人はきっと命尽きるまで諦めない。

気絶したくらいでは、何度でも立ち上がってきそうだ。

信念を曲げられてもなお、彼はまっすぐに生きたいのだ。

ならば、できることは一つしかない。

もう一度、その間違った信念を曲げさせてやればいい。

「……捕らえるぞ。殺しは絶対にしない」

「でもあの人、タイラー殺しにくる。私、いやだ」

「俺はあの人を殺すのも嫌なんだよ。悪い人じゃないことは分かってる。向こうが意地を張るなら、こっちも意地を張らなきゃな。力を貸してくれるか、フェリシー。策ならあるんだ」

彼女はしばし黙り込む。

その間も続けられたワンガリイさんの攻撃をいなしていると、彼女は小さく呟く。

「……タイラーらしいのかも」

「俺らしい？」

「なんでもない。分かった、そう言うなら、手伝う」

作戦について、軽い打合わせを済ませて、俺たちは動き出す。

「ライトニングベール！」

最初に、もはやもっともよく利用する魔法による防御壁の生成を行う。

ただし、強度はあえて抑えめにして枚数を大量に並べる。

「無駄だぁ！　まだ手加減をするつもりか、タイラー殿！　私はこんなものでは止められない！」

こと突破力においては、ワンガリイさんはかなりレベルが高い。

次々にベールが破壊されていく。

「『ブレットランサー』！」

そして最後の一枚を突破するや、彼は槍を俺たちの方へと投げ飛ばした。

一直線に飛んでいったそれは、的確に俺の胸へと突き刺さる――

……だが、彼が見ているのは幻影だ。

槍の刺さったはずの俺の幻覚が煙となって消え、目的を失った槍がただ地面へと落ちる。

「な、幻覚!?　どこへ行ったのだ！」

彼が体勢を崩しつつ辺りを見回す時には、その頃にはもう彼の逃げ場はない。

「囲われた、だと……？　しかも、四人もソリス殿が……」

彼をライトニングベールの中に閉じ込めるとともに、その周りを幻覚により作り出した、俺の分身に囲わせたのだ。

ちなみに、本物の俺たちは退避して森の中からその光景を眺めている。

俺は声を潜めながら、フェリシーに言った。

「分身だからってあんまり変な顔させるなよ。なんか、真顔すぎないか？」

「……まじめな時のタイラー、あんな顔。格好いいと思うけど、だめ？」

「まぁ、格好いいかはともかく、ふざけてないなら別にいいよ」

ワンガリイさんを罠にかけるのは、実に簡単だった。

俺めがけてまっすぐに突進してくる彼の特性を活かして、斜めにベールを張り、その先に俺の幻影を配置する。本物と誤認させている間に、木陰へと隠れるのは難しくなかった。

「タイラー、ここからどうするの」

「それももう決まってる。疲れてるなら休んでてもいいぞ？」

「子供扱い、禁止。このまま手伝う」

フェリシーは、背後から耳たぶをきゅっと摘んでくる。

それでも集中は切らさずに、今度は幻影魔法から土属性魔法へ技を切り替え、刀を地面に突き刺す。

「這い回れ、『ソイルドラゴン』！」

生み出した土の龍がベールの中に潜り込み、ワンガリイさんの手足を絡め取った。

「な、なにを！」

すでに彼の身動きは制限できているが、それだけでは終わらない。

手のひらの先で、水属性の魔力を練り上げて、力をこめていく。

すると、土は軽い光を放ちながら、木の幹へと変化していく。

複雑に入り組んだ木々が、ワンガリイさんの手足を絡めとるように縛り、磔《はりつけ》状態へと変えた。

「くそ、なんのこれしき！」

ワンガリイさんは炎属性の魔法使いだが、今は身体もぼろぼろだし、心も乱れている。

手に炎を宿し焼き切ろうとするが、起こした火が魔力の乱れですぐに消えた。

ここまでくれば、あと一息だ。

俺はライトニングベールを解除して、木属性魔法の勢いを一気に強めた。ワンガリイさんを木々の力で空高いところまで突き上げる。

「こ、こんなことまでできるというのか⁉　なにが目的なのだ、ソリス殿！　私を弄《もてあそ》んでなんになる⁉　こんなことならば、いっそ潔く死なせ――」

彼の太い声が、遠く、空の上から聞こえる。

しかし、その声はそこで途絶えた。予想通りの反応だ。

俺はライトニングベールで作った箱を階段状にいくつか積み上げると、その上を飛び移るように、彼を空まで突き上げた木々の近くまで駆け上がった。

俺が到着すると、ワンガリイさんは気の抜けたような声でぼそりと言う。

「ソリス殿、これは……」

「これが、ガイアが作り出した光景ですよ。あなたが守ろうとして、そのために信念すら曲げた結果です」

俺とワンガリイさんの眼下に広がるのは、街で行われている白兵戦だ。

アリアナ、マリ、ランディさんを加えた警備隊たちと、ガイアの手下どもが争いを繰り広げている。

戦況は、まだ拮抗《きっこう》しているらしかった。一般市民の避難誘導に人員を割いているためだろう。超のつく実力者であるランディさんがいるとはいえ、人数差に苦戦気味だ。

だが、ワンガリイさんが涙に潤んだ目で見ているのは戦況ではない。

「あなたが大事にしたいものは、なんだったんですか。仇敵《きゅうてき》であるガイアの下についてまで守ろうとしたのは……この町でしょ？」

「……い、今さら、何を」

「今さらじゃないから、言うんですよ……あなたは、町での戦いが始まったとき、すぐ後ろに下がっていった。それは俺を食い止めるためじゃない。町の人が傷つくところを見たくなかったからでしょう？　だから今だって泣いている」

どうやら図星だったようだ。

ワンガリイさんは、しばし放心したように下を眺めたあと、はっと顔を上げて涙を拭う。それから俺の方に目をやって、諦めたようにふっと笑いを漏らす。

「そんなことまでお見通しとは。たいした洞察力、推理力……大変大変驚いた。さすが、名実共に最高の魔法使いと称されるだけのことはある。タイラー・ソリス殿」

「俺が聞きたいのは、褒め言葉じゃないですよ。あなたの本音だ」

「……認めよう、降参だ。私は、この町が壊れるところを見たくない」

ワンガリイさんはそれだけ言うと、俯いてから声を上げて泣き始めた。

日がすっかりと暮れた町に、それはこだまのように響き渡る。

だが、まだ悲しみに暮れるには少し早いというものだ。

「ワンガリイさん、今から奴らを止めてきてくれますか」

「……な、なにを言う！　ソリス殿は私を解放するというのか！」

「一時的に、ですが。どうせ今のあなたに、戦闘能力はほとんどない。ただ影響力のあるあなたなら、部下を止めることはできるでしょう？」

俺は放出する魔力をゆっくり弱めて、彼を地面まで下ろす。

自分もその近くに着地すると、彼を縛っていた木属性魔法を完全に解除した。

「まったく器の大きい男だ……感服する。この大変大変な恩はいずれ必ずや！　私はこの町を守りに行こう！」

ワンガリイさんは失っていた気力を取り戻したらしい。

顔を上げたと思ったら、目に強い力が宿っていた。

踵を返した彼は、町の方へ猛然と走り出す。

「タイラー、大丈夫なの？　裏切られないの」

「うん、心配ないよ、あれなら。それより、だ」

俺は背後でただならぬ雰囲気を漂わせる、ダンジョンを振り返った。

「今は、ガイアを倒すことに集中しよう」

「……あいつ、強い。でも、私勝つ」

「おう、いい意気込みだなフェリシー。勝って、一緒に帰ろうぜ」

いよいよ、決戦の時だ。


覚悟を決めて、最大限の注意を払いつつ、俺はダンジョンの扉を開ける。

中へと、足を踏み入れたその時――

「タイラー、上……！」

「あぁ分かってる」

およそ自然発生とは思えぬ勢いで、大岩が頭上から降り注いできた。

とっさに土の龍を創出して、俺はその岩を受け止める。

「ソイルドラゴン！」

間髪容れず、今度は周囲の壁にいきなり火がつく。

とっさに飛び退けば、次の瞬間には木っ端微塵《こっぱみじん》に壁が爆発していた。

移動した先で、俺は不自然に土が隆起しているのに気付く。それからライトニングベールを張って、その上へと乗った。

他に安全な場所を探すのは、至難の業と言えた。

このダンジョンは罠だらけだ。

「……周到に準備されたな」

俺の言葉に、フェリシーが頷く。

「ガイアらしい。まずは安全なところから、遠隔攻撃してくる。計略は得意」

「さすがによく知ってるな。よし、ならまずは引き摺り出そう」

その後も、フェリシーの言う通り、ガイア自身が現われない状態での攻撃が続く。

奇声をあげて、モンスターたちが飛びかかってくる。

先頭のオークが振り上げてくる棍棒《こんぼう》は、明らかに加工されている。地面に叩きつければ周囲がへこむほどの勢いがありそうだ。後ろにも敵が続いている。

「エレクトリックヘブンフラッシュ！」

が、モンスター相手ならどうということはない。

抜刀と同時に放った雷撃がモンスターたちの間を一瞬でかけめぐる。

視界が白に覆われた次の瞬間には、モンスターたちは黒焦げになって煙を上げていた。

かつてワイバーンを灰にしたことがある攻撃の強化版だ。

どこから見ているのか、ダンジョンの主、ガイアの声が響き渡る。

「やはり、この程度は時間稼ぎにもならないようですね。さすがは、僕を一度退けて、その出来損ないを救った勇者様だ。ワンガリイごときに止められるわけもない」

そんな言葉と同時に、横道からはそれを遮るような轟音《ごうおん》を伴って土石流《どせきりゅう》が襲ってきた。

「フェリシー、怖くないか」

「全然まったく、これっぽっちも」

「そうか、それを聞いて安心した」

俺はライトニングベールを駆使して、土石流への防御壁を作る。

それが去ると、奥に人の姿が見えた。

ようやくかと思ったが、初めて本体と対峙した時のような圧を感じない。

「……土人形。あれもガイアの得意技」

「あぁ知ってるよ。さっき散々遊ばされたからな」

「楽しかった？」

フェリシーが冗談めかしてそう聞いてきた。

「そんなわけないだろ……っと！」

土人形は、みるみるうちに膨れ上がると、手に持った斧を叩きつけるように振り下ろしてくる。

図体の割に速い。

俺は神速を使って加速すると、刀に水と風の魔力を伝える。

「アブソリュートアイス！」

一度対峙して攻略法は分かっているから、最初から本気だ。

水色に光った刀から放たれた波動は、土人形を完全に凍りつかせていた。

「これでガイア、出てくる」

「……いや、待て。なにかおかしい」

俺は背におぶったフェリシーを庇うように、手を広げる。

睨みつける先は、凍らせたはずの土人形だ。

さっきはこの技を見舞うことで、ぴたりと動きが止まった。

たぶんガイアのコントロールが効かなくなったためだ。

だが、今はその氷の内側から呻《うめ》き声のようなものが聞こえてくる。

本当に生きているかのごとく、ボロボロになった土の身体が脈動していた。

そしてなにより、肌が粟立つこの感覚は、かつてのダンジョンで経験したことがある。

「……これ、もしかして」

フェリシーも何かに気付いたようだった。

「フェリシーにも分かるのか」

「うん。たぶん、悪霊が宿されてる」

やはり、そうだった。

アリアナがこの場にいなくて、本当によかった。いたら、大騒ぎだもんな。

そう思っていたら、また天から声が響く。

「はは、それに気付くとはやはり侮れませんね、君という人は。ご名答。低級霊《ていきゅうれい》の魂に、私の作った土の体を与えたのですよ。それをあなたが奪った。なんて酷いことをするのでしょう」

これまで繰り出されたどの攻撃よりも、その言葉は俺にとって手痛い。

無理に与えられた身体とはいえ、たとえばアンデッドさんのように強い未練があって、やっとのことで手にした身体だったとしたら……

「そんなの、ガイアは思ってもない」

動きのとれなくなる俺の背後で、フェリシーが口を開いた。

「そもそもこの霊だって、あいつが無理やり作った」

「無理やりってどうやって……まさか」

「たぶん、タイラーの考えた通り。殺した人間をここへ運んで、優秀な霊を作り出して手下にする。

決闘はその手下づくりの意味もある。ほとんどは、あの霊みたいに不完全なものになるけど」

「そういうことかよ……」

俺はギリっと歯を噛む。

どこまでもガイアは、人の命を駒としか考えていないらしい。

自分の思うように使うためには、非道なことだって平気でやる。

その非道さを再認識して、また戦闘意欲が湧き起こってきた。

「さぁ、分かったところであなたがこの霊を苦しめた事実は変わりませんよ？　どうするのです？」

ガイアがまた挑発する。

だが、今度はそれを聞き流して、俺は刀を一度しまった。

そして繰り出したのは、火属性魔法の『メルトヒート』だ。

この魔法は、前に刀の材料の鉱石を採掘する際に使った、高温を生み出せる技だ。レベルが上がった分、発動までの時間は短縮できていた。

みるみるうちに氷は溶け、土人形が再び徐々に動きはじめる。

その動作は緩慢《かんまん》で、もがき苦しんでいるかのような呻き声をあげている。

「……今、楽にしてやる」

ゆっくりメルトヒートを収めた俺は、すぐに光属性へと魔法の種類を切り替える。

そして召喚魔法を唱えて、キューちゃんを呼び出した。

「やることなら分かってますよ、ご主人様！」

やはり頼もしい相棒だ。彼女はすぐに状況を察して、俺の刀へと憑依《ひょうい》した。

キューちゃん、聖剣モードだ。

土人形は、ガイアの指揮下にあるのだろう。

身体の土を崩しながらも、手に持った大斧を大きく振りかぶる。

俺はその懐へと一気に飛び込み、一思いに袈裟《けさ》斬りを見舞った。

「アァ……アァ……」

俺の背後で、崩れ去る土から声が聞こえる。

振り返った時には、すでに光の粒となっており、そのまま空中へと消えていった。

目をつむり、霊を悼《いた》む。

同時に、俺の闘志には完全に火がついていた。

「……俺、絶対に勝つよ」

半分はフェリシーに、残り半分は自分に向けてぼそりと言う。

だがフェリシーからの答えや相槌はない。不思議に思っていると、なぜか彼女はガタガタと震えている。

「ど、どうした？　急にガイアが怖くなったか？」

「……違う」

「じゃあなんだよ」

「その魔法、怖い。私、祓《はら》われる？」

「いやフェリシーには、打たないっての！」

俺はキューちゃんに礼を言い、彼女を一度引っ込める。

すると、少し先の地面に影がすうっと伸びてきて、ガイアが姿を現した。

「ほう、変わった光の精霊獣だ……だが、こざかしい。僕はそれしきの魔法では倒れませんよ」

ガイアは、くすくすとまるで冗談話をしている時のように笑う。

その発言の真偽はともかく、俺には気になることがあった。

「フェリシー、あれ本体か？」

「うん、たぶん。肌がぴりぴりするから」

たしかに、先程の土人形とは発される圧が桁違いだ。

そこにいるだけで、総毛立つ感覚がある。

ガイアの身体には全く傷がなかった。

「やっぱり、もう治ってたか」

「魔族は回復力も人とは違う。数時間あれば、大概塞がる」

大きな傷も時間をかければ、治せてしまうらしい。

つまり先ほどまでのダメージの蓄積は、期待しない方がいいわけだ。

俺もキューちゃんに治癒してもらっているから、条件は同じといえる。

「完全に仕切り直しってわけだな」

「さて、それはどうでしょう。どういうわけでその半人前が生きているのか知りませんが……まぁどうせ関係ない。僕の力を土を掘り起こすだけの農業魔法だと思わない方がいいですよ」

そう息巻くガイアが手にするのは、横に持ち手のついた旋棍といわれる棍棒だ。

それを回転させながら、こちらに走り込んでくる。

地面に起こした波に乗っていて近付きづらく、タチが悪い。

俺は空中に足場を作りながら、距離を詰める。

下から振りつけられた旋棍をまずは強く打ち払う。

ここで体制を崩してくれるほど、ガイアは甘くなかった。

すかさず反対側からもう一方の旋棍が見舞われるので、俺はそれを刀の鞘で受け止めた。

地面から首元めがけて伸びてきた土の槍はライトニングベールで阻む。

「素晴らしい反応速度ですね、まったく。うんざりする」

そう言いつつガイアは、俺が弾いた勢いで後退していく。

すぐに追おうと足裏に魔力を貯めるが、背中から小さな手で待ったがかかる。

「だめ、乗ったら思うつぼ、あいつ、誘ってる」

「って言うと？」

「ガイアは狭い場所が得意」

「あぁ分かってるよ。このダンジョンみたいな閉鎖空間だろ？　だから、あいつはここで待ち受けてた」

「半分当たってるけど、まだ違う。もっと狭い場所の方が得意。たとえばそう、屋敷の一部屋より小さいくらいの」

「なるほど。じゃあ今あいつの策に乗って深追いすれば、その狭い空間にとじこめられるってわけだな。そのための仕掛けを打つ時間は、たっぷりあったんだから」

「うん。タイラー、理解が早くて助かる」

思っていた以上に、策が何重にも巡らされている。

どうやらガイアは、自分の存在を知られた俺をなんとしても葬り去りたいらしい。

そして、この町ごと消すことで、ここにいた痕跡の全てをなかったことにする腹積《はらづも》りなのだろう。

だが、だとすればその算段はすでに狂っているに違いない。

彼の戦う術をよく知るフェリシーが、生きてここにいるのだ。

「私も手伝う。分身を作って錯乱させて、ガイア本体を叩くの」

俺はこくりと頷く。

しかしすぐに、背後の壁からにゅっと土の顔が飛び出てきて、けたけたと笑った。

「バカな。半人前の魔族になにができる！　お前の幻影魔法など、私は容易く見破れるというのに」

俺は薄気味悪いそれを一薙ぎで、粉々に砕く。

そして、あらためて本体を見据えた。

「聞く必要ねぇよ、あんなの。やってみようぜ、それ。俺も加勢する」

「……わかった」

フェリシーはそう言うと、俺の分身をすぐに三体ほど生成する。

その姿形は、俺そのものだった。

動きも俊敏で本物と見まごうほどだったのだが、ガイアはそれらすべてをあっさりと看破する。

分身を消し飛ばし、迷わずこちらへ武器を振ってくるので、俺は咄嗟に横へと跳んでそれを避けた。

だが、フェリシーは諦めずに、何度も何度も幻影を生成する。

「無駄だと言っているでしょう！」

「……やってみなきゃ分からない」

ガイアの挑発に、フェリシーはそう返す。

だんだん魔力の消耗が激しくなったのか、フェリシーの呼吸が荒くなる。

一方で俺から彼女へと流れている闇の魔力量は変わらないから、使用量に供給量が追いついていないのだろう。

早めにケリをつけなければならない。

だが、この手練れ相手に焦り時は禁物だ。

最も大事なことは集中を切らさないこと。

俺は『エレキジェット』を刀に纏わせて、しつこく襲いくる棍棒を薙ぎ払う。

「……くっ！」

それが、効果的だった。

受け止めたガイアの棍には、少しの油断があったのだ。

これまでよりはっきり体勢を崩し、前のめりになったガイア。しかし、彼はすぐに持ち直して態勢を反転する。

「はは、終わりです。『アースアッパー』！」

土の波動を纏った一撃をガイアが撃ち込む。

それをモロに食らっていた。

……俺の分身が。

「……なん、だと」

この瞬間を待っていた。

動揺により生まれた一瞬の隙を俺は見逃さず、ガイアを背中から横一文字に斬る。

しっかりと手に感触があった。

ガイアがこちらを振り向きながら、俺を睨んで苦しそうに言う。

「どう、して。なぜ僕が貴様のような半人前の魔族に。幻影ならすべて見切って……」

「たしかに、じっと見られたらだめ。でも、一瞬なら騙せる。それだけ」

フェリシーの作戦と集中力のなした勝ちだった。

ガイアが地面へと崩れこむ。

「……思ったよりあっけなかったな」

これまでのことを思えば、手ごたえに欠ける。

だが一応は、悪の元凶であったガイアを倒すことができた。

あとは捕らえて、国に引き渡せばいい。

そう考えた俺は、魔族には最も効果的であろう光属性の拘束腕輪を作り出すため、一度刀をしまおうとする。

だが、その時だ。ぞくりと恐ろしく冷たい感覚が背中を駆け抜けた。

「フェリシー、まだだ、まだいる！」

「嘘。でも、これが本体のはず……」

そう言い切るフェリシーを嘲笑うかのように、ガイアの本体だと思って倒した身体が、地面に同化していく。

そして姿が消えたと思ったら、地面全体が俺たちの周りを囲い始めた。さらに、真下には大きな穴が開いた。

「な、なんだ……！　落ちる⁉」

なすすべなく、俺たちは急速に落下する。

空間が狭いこともあって、身体の自由が利かなかった。

腰から落ちていきそうになるが、とっさに刀を脇の壁に刺すことで、どうにか体勢を取り戻す。

「隠しダンジョンの地下空間……」

着地するや、俺はそう悟る。

が、前に見たような大広間ではない。

天井もどんどん収縮し、やっと限界に達したのか最終的に高さ三メートルほどにまで縮んでいる。

横壁も両脇から迫っており、動ける範囲はそう大きくない。

「なぁ、フェリシー。これって」

「……さっき言った、狭い空間。ガイアの好きな地形」

状況は最悪だった。

俺は自分の甘さに舌打ちする。

「終わったと思って油断させられたな」

それどころか、結果として相手の有利なフィールドに持ち込まれたのだ。

「ふふ、なにもあなたのせいじゃないですよ、タイラー・ソリス。使えないのは、そう。そこの半人前だ」

ガイアの声が天井、地面、壁、とあらゆる方向から響く。

それはこの空間が、彼の支配下にあることを指していた。

「……なにを言ってやがる」

ガイアの言葉を聞いて、俺は宙を睨みつける。

「事実でしょう。あなたが、あなただけの判断で動いていたなら結果は違ったとは思いませんか。あなたはその半人前に、あの土人形が『本物だ』と言われたから信じたのでは？」

「……違う」

「おや、少し間があったようですが」

正直に言えば、核心をつかれていた。

ガイアをよく知るフェリシーが言うなら、と俺はそれをそのまま受け入れた。

疑うことさえしなかった。

だがそれは、俺のミスだ。

「あなたほどの強者さえも、半人前を抱えていれば思うようにはいかないのですよ。もっとも、その子が騙されるのは当然ですよ。あの土人形は特殊でね。あなたが流した僕の血をたっぷりと染み込ませてある。ほぼ、僕の分身のような存在なのです。あなたでさえ惑わされるんだ。その半人前に見抜けるわけもない。ははは」

ガイアの笑い声が耳奥で反響する中、背中にいるフェリシーは一言も発しない。

それでも彼女の心情は察するにあまりある。彼女は一人で責任を感じているのだ、きっと。

その態度が、ガイアの癪に障ったようだ。

「ふふ、黙っているだけか、裏切り者。そもそも僕が半人前ごときの幻覚に、一瞬でも騙されると思ったのが間違いなのですよ。あなたのせいで、この者はこの空間、僕の庭に囚われた。そしてここで命を終える。僕の大地の魔法を以て最大限収縮させ、閉鎖空間になったこの監獄でね」

言い終えると同時に、本格的に攻撃が始まる。

四方八方のあらゆる角度から、土槍が飛び出てくるのだ。

しかもそのどれもが、さっき倒した土人形みたく本物同然の魔力を発している。

怒涛の攻撃だった。動きは先ほどの数倍俊敏になっている。

俺はそれらをなんとか躱して、自分たちが辛うじて収まるだけのライトニングベールを展開する。

もし壊れでもしたら、すぐに槍の餌食である。

そう思いつつ、土槍の穂先が狙う方向を見て気付いてしまった。

ガイアが狙っているのは俺ではない。

「……タイラー、私」

「聞かない」

俺は耳を塞ごうとするが、フェリシーがその手を無理矢理引き剥がそうとする。

存外、その力は強かった。

「……聞いて。降ろしてほしいの。私、ベールの外に出る。やられるなら、私だけでいい。私が半人前だから、私が弱いのについてくるなんてわがままを言ったからこうなった。タイラーなら、私がいなければ脱出できるかもしれない」

……やっぱり聞かなければよかった。

その願いに応えてやることは、どうしてもできない。

それに、彼女は前提を間違っている。いなければ、なんてありえないのだ。

俺は懐に手を入れた。

そこには、彼女のくれたマドレーヌがある。

「なぁフェリシー。いなければ、とか金輪際言うな」

「……でも」

「その先は聞かない。さっきのお願いも聞かない。なんなら、俺はここへフェリシーに一緒に来てもらってよかったと思ってるくらいだ」

「足引っ張ってるだけだけど……？」

「ワンガリイさんと戦った時は助けてくれたろ。それだけじゃない。背中にフェリシーがいることで、勇気も希望ももらってる、今だってそうだよ」

なにが半人前だ。俺は彼女に足なんか引っ張られていない。

むしろ背中の温もりに、この身体を押されている。

一人でいるより、今の俺はよっぽど強いと自信を持って言える。

だから今だって、ライトニングベールが軋み、ヒビが入るほどの攻撃を相手にしても、絶望感はまったくない。

「なぁフェリシー。今度ピクニックにでも行こうか」

「……えっと」

「終わったら行くぞ。マドレーヌのお返しに、おにぎりくらいは握る」

「なんで今、そんなこと」

「だって、ガイアを乗り越えるんだろ。その先の楽しいことを考えた方がいいよ、きっと。で、どうなんだ?」

俺は背中にいるフェリシーの頭に手を置く。

しばらくベールと土槍が衝突する音だけが響いたあと、彼女はようやく口を開いた。

「……私、行きたい。それ」

「おう、俺もめちゃくちゃ行きたい。あ、そうだ。ついでにアリアナに料理でも習おうかな」

「なら、私も。お弁当手伝う」

「って、それじゃあフェリシーへのお返しにならないだろ。まぁそれはそれか。貸しとか借りとか、いずれは数えてられなくなるだろうしな」

「じゃあ決まり。私、サクラの卵焼き覚えたい」

普通なら、今の状況でする話ではない、日常的な内容だ。

だが、その日常に戻るために、今戦うのだ。

一人ではなく、二人で。

「もう一回、力を貸してくれるか。フェリシー」

「……うん」

その返事は、今までより力強かった。

驚いたことに、それは表面上だけではない。

フェリシー自身の成長によって、俺の身体から彼女の身体に脈々と流れていた闇属性の魔力の質が、明らかに変わっていた。

フェリシーの魔力が強まったことは、俺にもいい影響をもたらすらしい。

それまで、辛うじて持ち堪えていたライトニングベールはその硬度が一気に高まって、土槍を弾き返し始める。

「な、なんて力だ……！　まだこれほどまでの力がどこから⁉」

これには、ガイアも虚をつかれたらしかった。

正直、俺だって予想外なくらいだ。

でも自分のことだから、はっきりと分かる。この一瞬で、魔力の質が一気に向上した。

これならば、閉鎖空間で、相手のフィールドという、この不利な状況を覆すこともできる。

防戦一方に徹することもない。

「フェリシー、なにをしたんだ？」

「私にも分からないけど、力は溢れてる」

「だろうな。おかげで、俺もめちゃくちゃ見えるようになった」

それは視界の内側だけの話ではない。

今ならば背後すらも、まるで目で見ているかの如くはっきりと分かる。

たぶんフェリシーから流れ込む強い闇属性の魔力がその理由だ。

俺の闇魔法は、自ら制限を設けて、あまり使ってこなかったこともあり、他の属性に比べれば精度が低かった。

それが一度彼女の体を経由することで、質の高い魔力として返ってくるようになった。

例の超感覚は、全属性の魔力を均一に纏うことで使える能力で、それまではもっともレベルが低い闇属性の魔力に合わせる形で抑えられていた。だが、闇属性の力が高まったことで、超感覚そのものも上限を突破したのだろう。

今なら、一見避けようのないこの全方位攻撃から逃れる道筋も、はっきりと見える。

そして、勝機も。

「フェリシー、もう一回幻影魔法だ。いけるか？」

「……さっきと同じ作戦？　それで大丈夫なの」

「ほとんどな。でも、違う。さっきとはまったく逆の結果になるよ」

彼女から流れくる魔力は、俺にそう確信させるだけの質と量を伴っていた。

俺はガイアに聞かれないように声を小さくして改めて作戦の説明を始めた。

そしてそれが終わると、左足を引き、刀に手をやった。

「いいか、フェリシー。カウントダウンをしたら、このベールを解除する。その瞬間、作戦開始だ」

「……任せて」

三カウントを数え終えた俺は、ライトニングベールを消した。

同時、フェリシーの幻影魔法により、俺とフェリシーの影が数体現れる。

「せっかくの防御壁から自ら出るとは無謀なことをしますねぇ、タイラー・ソリス！　その出来損ないの技など、おままごと同然。僕には通用しませんと先ほど言ったはずですよ！」

ガイアはどこからか高笑いしながら、攻め手を変えてくる。

土槍だけでなく、土石流が両壁から流れ出した。

だが、それでも俺にはまだ抜け道が見えていた。

それは薄く細い針の穴に糸を通すような道だが、それでも十分だ。

「な、どうやってこの土槍を避けているというのですか⁉」

「見えてるんだよ、もう全部な」

「なっ、馬鹿な⁉　今日まで僕の姿すら看破できなかったはずでしょう。こんな短時間でどうやってそこまで強く――かくなる上は……！」

焦ったガイアが雄叫びを上げた途端、土槍が大きく太くまるで柱のような形へと姿を変えた。

それが全方向から降り注ぐが、俺は全てを避ける。

そのタイミングで俺の影のうちの一つが、ついに攻勢に転じた。ガイアがそれを撃ち落とそうと迎え撃つ。

「どうせ幻でしょう！　はは、その魔法は無意味、読めていますよ！」

その通りだ。土槍により砕かれて、その影はふっと消える。

だが、そう単純な作戦ではない。二段、三段、重ねてこそ作戦になりうる。

俺はその幻影の内側に時限式の雷魔法・ボルカタイムを忍ばせていたのだ。

雷が放射状に放たれて、何本もの土槍を一度で粉砕する。

「なっ、なんだと……だがしかし、そんな小癪《こしゃく》な手で僕は倒せません！」

たしかに、直接的なダメージはないに等しい。だが、少しとはいえ、ガイアに隙が生まれた。

そこで俺自身も刀を抜いて、土槍に接近する。

「また幻でしょう……！」

ガイアの反応は鈍かった。迷いを含んだ声が、天井から響いてくる。

だが、残念ながら、今度は本物である。たぶん一度の判断ミスが、疑念を生んだのだ。

俺は水の渦を剣身に纏わせて、土槍を打ち砕いた。

「ど、どういうことだ……！」

「フェリシーの魔法だよ」

「戯言も大概にしてくれませんか。この僕がその半人前に騙されたとでも？」

言葉は強気だが、心は違うらしい。失敗の積み重ねが自信を瓦解させ、その喪失が失敗を生む。

ガイアが動揺する中、俺はどんどんと土槍を砕いていく。

「くっ、なんだと……！　惑わされないよ、僕は。本体をやればいい、それで終わる！　本物はそこだ、タイラー・ソリス！」

すぐに土の槍を再生させて、再び攻撃するのだが、またはずれ。

もはや、どつぼにはまっている。

すでにガイアは、先ほどまで下に見て嘲笑《あざわら》っていたフェリシーの手のひらの上だ。

彼の自信が目に見えて失せていく。

「私の術がガイアに通用してる……！」

「あぁ、それどころか圧倒してるよ」

ガイアはずっと姿を隠していたし、ついさっきまではその位置を察知するのもはかなり難しかった。

しかし、心の動揺が魔力にも確かに伝わっている今となっては、居場所を掴むのも容易になっていた。

俺は天井から隆起していた土槍の一つに接近して、アブソリュートアイスを見舞う。

「う、うぁぁぁっ⁉」

やはり、ガイアはそこに擬態《ぎたい》していた。

これが決定打となったようだ。

土槍の中から耳をつんざく叫び声がする。

俺の背後から迫っていた土槍がそこで止まると、ぼろぼろに崩れ落ちて砂山を作った。

俺が着地をするのと同時、顔を除いた全身が凍りついた状態で、天井からガイアが落ちてくる。

こうしてみれば、淡白な顔立ちをした青年にしか見えない。

ただこの状況にもかかわらず、ガイアの顔は笑みを浮かべていた。

相変わらず不気味だ。

「……なにを笑っている。まだなにかあるのか」

「いいえ、残念ながら。僕の負けですよ。僕にはもうこれ以上の策はない」

さっきの反省を踏まえて、俺は刀を抜いたまま警戒を解かずに声をかける。

ガイアは刀に向けて、顎をしゃくった。

「不安ならば、それで首を刎ねればいいでしょう？　僕は魔族で、あなたは人間。敵なのですから遠慮は要りませんよ」

「……いや、いいよ。お前には聞かないとならないことが山ほどある。それに、魔族だから斬る、魔族だから敵というわけじゃない」

ガイアはその言葉に、ははと声を上げて笑う。

「甘い、甘すぎる。話と言ったって、どうせ僕の命は長くない。主上の力になれぬと判断され魔力を切られれば、死ぬ。我ら魔族はそういう運命なのですよ」

そういえば、そうだった。

魔族の命や力は、主上とやらの魔力によって繋がれている。

切り捨てるも捨てぬも、そいつ次第なのだ。

敵であったとはいえ、その境遇を聞けばつい同情してしまう。

だが、眉を顰める俺をガイアは笑い飛ばした。

「まさか、その娘のように僕まで助けるつもりですか」

「……そうだと言ったら？」

「甘すぎて吐き気がしますね。僕は敵に情けをかけられてまで生きながらえたくはない。魔力の供給なら拒否するよ。そんなことも分からないとは、あなたはつくづく似ている」

「……誰のことだ」

「ランティス・ソリス。あなたの父親のことですよ」

こんなところで、その名前を聞くとは思わなかった。

俺が冒険者を続けたいと望む理由の一つに、親父の死の原因を究明することがあるが、もしかしたらその真相に近付けるのか。

「親父のことを知ってるのか、なにをどれくらい！」

予期せず転がり込んできた話に、俺は動揺を隠しきれず、ガイアのそばにしゃがんだ。そして、凍りついた彼の肩を揺する。

しかし、ガイアの方は至って冷静だ。

「なぜ知ってるかは言えませんよ。でも一つ言えるとしたら……」

「なんでもいい、教えてくれ」

「今後もあなたが主上の目的の前に立ちはだかるなら、いずれ必ず知ることになる。それだけですよ」

「主上の目的……それも言えないんだよな」

「はは、さすが察しがいい。一つ言えるとしたら、ひっくり返そうとしているのですよ、立場を。我らと人間では、その力の差は歴然だ。それなのに数が少ないからというだけで、我らが人間の影に隠れていなければならないのはおかしい。そう思いませんか？」

その問いには、どうとも答えられなかった。

そう言われて考えれば人間だから世界を支配している、という道理もない。

だからといって単に強ければ支配していいとも思わないのだけれど、すぐに結論が出る話でもない。

「こちらの準備が整えば、人間などに負けるわけもない……まぁ、あなたのような圧倒的戦力がいれば話は別かもしれませんが。ただでさえ七色の魔法を操るというのに、戦いの中でその娘の成長を引き出し、己の力をも覚醒させた。常人には到底できることじゃない」

「……褒めたところで逃がしはしないぞ」

「そんなつもりはありませんよ。言った通り、どうせ僕はそう長くない。これが最期だと思うと舌が回ってしまっているんだ。僕に引き出せなかったその娘の力をあなたは引き出せた。だから、素直にそれを褒めているだけですよ」

そこでふと気付く。

もうフェリシーのことを半人前とは呼ばないらしい。

「バイオレット。あなたもよくできていましたよ」

「……その名前はもう捨てた。言わないで」

「はは、もう完全にそちら側のつもりですか。フェリシーの意味は幸福。魔族にすれば、皮肉な名前だな」

それまで饒舌《じょうぜつ》に話していたガイアだったが、その声はだんだんと掠れたものになり、まぶたが落ちてくる。

どうやら力が抜けていっているらしい。

それでも彼は話し続ける。

「……タイラー・ソリス。あの技——『ラディア』はどうやったのです？」

「ラディアって、なんのことだ？」

「魔力を体の表面に帯びて全方位に対処する技のことですよ。我々魔族の中にも使いこなすものがいるが、あれはかなりの技術を要するはず。こんな短時間で習得できるものではない」

超感覚と勝手に呼んでいたものに、そんな名前があるとは知らなかった。

実際まだこの技については、分からないことの方が多い。

だが俺だけの力でないことだけはよく理解している。

「……フェリシーのおかげだよ」

「はは、最後までそれか。謙虚なものだ。その姿勢に免じて、一つだけお教えしましょう。もっと気配を消せたらばより強くなれますよ」

「気配を、か」

納得しかけて、俺は首を横に振った。

「どうして俺にそんなことを教える？　俺は敵なんだろ」

「あぁ、魔族にとってはそうです。だが、僕の命はもう短い。死ねば全ては他人事になる。地獄の底で、楽しみにしていますよ。あなたが魔族とどこまでやりあえるか——」

まるで蝋燭《ろうそく》の火が風に吹かれて消えるように声は途切れ、彼の首ががくりと下がった。

今まで薄く発されていたガイアの魔力も、感知できなくなる。

俺は少しの間目を瞑り、その魂の消失を悼む。

敵とはいえ、大きな悪として人々に被害をもたらした者とはいえ、一つの命には違いない。

同時、まるで道具のように命を扱う主上という存在に怒りを覚える。

俺が拳を固く握り締めたところで、空間全体が唐突に揺れ始めた。

「……たぶん、ガイアの力が完全に切れたせい。歪《ゆが》んだダンジョン内の空間が元に戻ろうとしてる」

「危ないな、まったく。フェリシー、掴まっててくれよ」

俺はライトニングベールにより箱を作って、その中で空間の変動が終わるのを待つ。

変形していた壁や地面が元に戻った時、そこに広がっていたのは、いつか到達した地下ダンジョンの第三階層だ。

ガイアの亡骸《なきがら》以外には、なにもない。

ただ、揺れはいつまで待っても収まらなかった。

ガイアの力はとうに消えているが、なおも天井から石が降ってくる。

だとすれば、ここは危険だ。

「フェリシー、急いでここを出るぞ」

「……どうしたの。外が心配？」

「それもあるけど、ここが崩れるかもしれない。たぶん、ガイアがダンジョンを動かしすぎて地殻《ちかく》が不安定になってるんだ」

俺たちは急いでダンジョンを後にする。

外へ出てみても揺れは収まっていない。そればかりか強くなっていくようにさえ感じる。

俺はライトニングベールで箱をいくつも作って、空まで駆け上がった。

上から地上を俯瞰すると、どうやらダンジョンを含む山全体が振動しているようだ。

ガイアがダンジョン内を自在に動かしていた影響は、かなり大きかったらしい。

「……これ、土砂崩れが起きるかもしれないな」

俺がそう言うと、フェリシーが俺を見上げる。

「山が全部崩れるの？」

「そういうこと。そうなったら、被害を受けるのは真下にある町だな」

実際、地面の一部に亀裂が入っている場所も確認できる。

山の大きさと比して、この町は小さい。

この山が全て崩れてくるとなれば、簡単に呑み込まれてしまう。

そして、その惨事が起こるまで残された時間は長くない。すぐに手を打たねば。

少し判断に迷った末、俺はまず町の方へと向かう。

戦況を確認しにいけば、警備隊がすでに住民らの避難誘導を率先して行ってくれていた。

見たところ、どうやら戦いは、こちらの勝ちで収束したようだ。

少しほっとしていると、その後方に見慣れた顔を見つけた。

近くに着地した瞬間、アリアナが笑顔で、マリは半泣きで駆け寄ってくる。

「タイラー、フェリシーも！　ということは今度こそ勝ったのね！」

「さすがソリス様、フェリシーちゃん、よかったですわ！」

その奥には、エチカの手を引くサクラと、ピースサインを掲げるランディさんもいた。

「こっちも終わったみたいだな」

「うん。あっけなかったわよ。ワンガリイって領主の人いたでしょ。あの人が突然戻ってきたと思ったら、連中をまとめて引き上げていったの。住民の被害はほんの少しで済んだわ。なんだったのかしら」

ワンガリイさんが、約束を果たしてくれたらしい。

最初に思い描いた領主の形ではないだろう。正しくない判断をしたかもしれない。

だが、それでも彼は領民を守ったのだ。

「土砂崩れに備えた避難誘導もほとんど終わってるわよ。さ、タイラーも行きましょ？」

「そうですわ、町の被害は分かりませんけど……命第一ですの」

アリアナとマリがそれぞれ手を引いてくれる。

だが俺は、その場から動かない。

不思議そうにこちらを振り返った二人に向かって告げる。

「まだ仕事があるんだ。だからアリアナ、フェリシーを頼んでもいいか？」

「仕事ってなによ」

「あれを、土砂崩れを止める」

「……えっ、そんなことできるの？」

アリアナの問いに俺はしばし答えられずにいた。

試したことなど当然ないから、まったくもって分からないというのが正直なところだ。

ただ一つ言えるのは、絶対に止めなくてはいけないということだ。

ワンガリイさんが必死になって守りたかったのは、民だけではない。この町だってそうだろう。

ならば、ここが土砂に呑み込まれる光景をただ放っておくなんてできない。

「止めてみせるよ。あれ全体を木属性魔法で覆って堰《せ》き止《と》める」

俺はそう言うと二人から離れ、フェリシーを下ろす。

三人の不安げな視線を受け流し、俺は再びダンジョンのある山の方へと戻ろうとする。しかし今度は前方を鞘付きの刀に阻まれた。

鞘の方を握っていたため、その柄頭ではクマのぬいぐるみが揺れる。

「はーい、そこまで。抜け駆け禁止だよ～」

ランディさんは刀を引っ込めて、腰に手を当てると俺の前に立ちはだかった。

「……ランちゃん、なんで」

「なんでも。あの広さの山だよ？　いくらタイラーくんの魔力だからって、足りるとは思えないからねー」

まるで人形劇でもやるみたいに刀を揺らしながら言うが、その内容は至極もっともだ。

「……それでも俺は、行きますよ」

諦めたくない。

その気持ちを込めて、俺はランディさんの目を真っ直ぐに見返す。

すると彼女は目を瞬いたのち、両の瞼を人差し指で吊り上げた。

一刻を争う状況で、変顔としか表現しようのない表情を見て、調子が狂う。

「む、怖い目だなぁ、三角になってるよ、こんな感じに。別にダメとは言ってないじゃんか。早とちりだよ」

「……えっと、じゃあどうして……？」

「ランちゃんも行く。魔力なら、かなり余ってるから、タイラーくんに貸してあげる」

にっと、今度はランディさんが笑う。

「別に一人でやらなくてもいいじゃん？　最後まで自分だけ格好つけるのはずるいよ～。ほら、二人もそう思うでしょ？」

ランディさんが話を振ったのは、背後にいたアリアナとマリだ。

二人ともが腕をこちらへと差し出している。そこに光るのは淡い緑色をしたブレスレット――三人で買ったパーティの証だった。

「その通りよ。なんでも一人でやろうとしないでよね。私たち、仲間でしょ？」

「ですわ！　ソリス様には遠く及びませんけど、助けにくらいはなれるはずです」

その言葉が身体に染み入って、胸をじんと熱くする。

そうだった、俺はなにも一人で戦っているわけではないのだ。

周りを見れば仲間や家族がいて、皆に助けられて今ここに立っている。

さっきまでだってフェリシーやキューちゃんに助けられてきたと言うのに、気がはやって、危うく忘れかけていた。やっぱり俺は一人ではいけない。

「ほーら、二人もやる気満々だよ？　それで、どうしちゃう？　借りちゃう？　ランちゃんたちの力」

ランディさんが手を差し伸べて言う。俺は迷いなくその手を取った。

「お願いします。アリアナもマリも、頼んでいいか？」

「当然よ。言われなくても」

「力になれるところ、見せてしんぜますの！」

アリアナ、マリが俺の横へと並び、それぞれに意気込む。

「……私もやる」

ちなみにその端ではフェリシーも毅然《きぜん》とした顔つきで立っていたが、さすがに断った。

ガイアとの戦でかなり精度の高い幻影魔法を初めて使ったということもあろう。

疲労しているのは魔力を通じて伝わってきていた。

俺はごねるフェリシーを、サクラとエチカに預ける。

「留守はおまかせを。存分にどうぞ」

だった。


「お兄ちゃん、頑張ってね！」

二人からも力をもらった俺は、三人の仲間とともに今にも崩落《ほうらく》しそうな山の方へと向かったのだった。


山の麓《ふもと》にたどり着いた俺は、まずライトニングベールにより光の階段を作りあげる。

「皆、これを登ってくれ」

詠唱を終えたのち、後ろを振り返ってこう言うのだが、三人ともにその場で足踏みをしていた。

「あー、えっと、今のままじゃ危ないもんな」

俺はベールを変形させ、横に壁を設ける。が、なにかが違ったらしい。

「そうじゃないわよ。こんなのあっさり使っていい魔法じゃないの。また強くなった？　壁があるのも助かるけど！」

アリアナはそう言いながら俺を抜いて、先頭で階段をかけあがっていく。

「ふふ。これくらいはしてくれませんと、あの大規模な土砂崩れを止めるなんて希望が持てませんわよね！　ありがとうございます、ソリス様！」

負けじとマリもその後ろを追い、さらにはランディさんも続いた。

「あはは～、光の階段かぁ。下から見たらパンツ見えたりしてね」

にこにこの笑顔と、余計な一言を残して。

ちなみにその点は、たぶん大丈夫だ。

時間はもう真夜中。さらには、ベールから飛ぶ光の粒で、直視できないようになっている。

もちろん実際に確かめている暇はないが……

俺も彼女らの後ろから階段を登り、山全体が見渡せる空中に集まった。

四人が立てるだけの範囲を残して、ベールを消す。

「こうやって見ると、改めてすごい範囲……これを囲うなんて、魔法使いが何人いても難しいわよ」

「ですわね。王宮と変わらない、いやそれよりも大きいですもの」

「そもそも木属性魔法は質の高い魔力が練れないと使えないしね～。本当にタイラーくん以外にはどうしようもない状況かも」

三人の感想を耳にしながらも、俺は息を整えて集中を高めていく。

知らずのうちにこもっていた力みを消してから、両手を組んで地面へと向け、魔法の発動へと移った。

「『アイビーランパート』……！」

初めて使う応用魔法だ。

木属性魔法により、山を囲うように幹の太い蔓《つる》を地面から発生させ、それらを複雑に組み合わせることで、徐々に壁を成していく。

「わ、やっぱりすごいね～。この魔法、歴史書に載ってるのを見たっきりだよ！　その時も数人がかりで家一軒を覆うのがやっとって書いてあったけど」

ランディさんが感嘆する。

その歴史書は俺も見たことがあったし、詠唱はそこで覚えたものだ。

だが、その限界は簡単に超えられる。求められるのは要するに魔力量だ。あり得ない仮定だが無《む》尽蔵《じんぞう》にあれば、いくらでも壁は積み上げられる。

俺は順調に蔦による壁を築いていく。

それが建物の高さを超えたあたりで、魔力の消耗が激しくなった。

そういえば、ここまで動き続けていたけれど、そもそも怪我を負った際にキューちゃんに応急処置だと言われていたんだっけ。今さらながら、自分が万全じゃないことを思い出す。

それにより、魔力の生成が遅れた。

額に汗を浮かべた俺の手を、ランディさんが握る。

「さ。ここからは皆でやろうね」

すぐに流れ込んでくるのは、相当量の魔力だ。

実力者たるランディさんの魔力の質は言わずもがなで、しかも安定して供給される。

人からもらった魔力は、奴隷紋などがなければ身体に長く留まらせることはできない。

自分の許容量を超えると、暴走するからだ。

しかし次々と放出している今ならば、いくらもらっても溢れることはなかった。

「ランディさん、手繋いでる。むぐぐ、羨ましい……！」

「分かりますわ。残念ながらわたくしたちは、腕輪から送れますものね」

「そうね、こう言う時は残念よね」

不平を漏らしつつではあったが、アリアナとマリからも腕輪を通して魔力が送られてくる。

「ふふ、年上の特権ってやつだよ。さぁいけー！　どんどん積み上がっちゃえ！」

ランディさんの声にも押されて、蔓でできた城壁は、いよいよ山と変わらない高さになる。

その大きさに、地上にいた町の人たちも驚いているらしい。ざわざわと声が漏れ聞こえてくる。

ついに土砂崩れが始まった。

「……なんて破壊力だよっ！」

距離があっても、その異様なまでの轟音は耳の奥に響く。蔦を通して、その高すぎる威力も伝わってきていた。

ただ伸ばし続けるだけでは、魔力の糸が切れてそこから決壊しかねない。

俺は一本一本の蔓の端まで強い魔力が行き渡るよう、いっそう集中を高める。

「耐えてよ、タイラーくん！」

ランディさんの握る手に、ぐっと力が入った。

腕輪から流れてくる魔力も、より強力で芯のある真っ直ぐなものへと変わる。

一口に魔力と言っても、人それぞれだ。

そこには如実《にょじつ》に個性が出る。

アリアナのそれは丁寧で調和が取れており、マリのものは大らかに全てを包みこむかのよう。

ランディさんの魔力はそのいずれでもなく、荒々しく、力強い。

てんでばらばらだ。

ただそこに込められている思いはたぶん一つの方向を向いていた。

三人全員が俺を必死に支えようとしてくれている。

「うぉぉ、タイラーさん！　我ら警備隊も応援しておりますぞ！」

「タイラーさん、誘導完了してございます！」

地上からは心強い声援が聞こえてきた。サカキやナバーロのものだ。

それら全てが、ここにいない仲間の思いまでもが俺の背中を押す。

たくさんの人の思いが重なって、俺に力を与えてくれていた。

これらの力が合わされれば、土砂崩れぐらいに負けるわけがない。

勢い、精度ともに高まった魔力でもって、俺は作り出した蔓の強度を高めていく。

その成果が出たらしい。

徐々に勢いが緩くなっていき、ついにその崩落が止まる。

もう土砂は流れなくなり、揺れも収まった。

俺はそれをしっかり見届けてから、木属性魔法に流していた魔力を切った。

いや、切ったというより、ほとんど自動的に切れたといってもいい。

辛うじて残すことができたのは、自分たちの足元にあるライトニングベールで作った箱一つだ。

力の抜けた俺は、ランディさんの手を離すと、ばたりと後ろへ崩れ込む。

さすがに魔力切れだった。

らしい。

「ちょっ、タイラーくん⁉」

ランディさんがすぐにしゃがみこんで覗き込んでくるのだけど、疲れていたのは俺だけじゃない

「あっ、だめかも。ランちゃんもダメかも」

彼女も、そのまま前屈みに崩れる。

「私もちょっと限界かも」

「わたくしもです……」

アリアナやマリも倒れて、小さな箱の上で四人、ただただ転がる。

あやうく現実感を失いそうになって俺は呟く。

「終わったんだよな、今度こそ」

「えぇ」「そうですわ」「そうだよ～」

疲れ切ったアリアナ、マリ、ランディさんの声が聞こえた。

それに安堵して、俺はそのまま足を投げ出して、夜空を見上げてみる。

いつかフェリシーと見た時と同じだ。この町の夜空には今日も数多《あまた》の星がまたたく。

俺たちは無事に、この美しい夜を守ることができたらしい。ワンガリイさんの守りたかっただろう、この町の夜を。

俺が疲労感と達成感に浸っていると、やがて住民たちが喜ぶ声が聞こえてくる。

ただの歓声とはわけが違う。長きに亘《わた》って人知れず虐げられてきた者たちによる、解放の叫び

だった。

いろいろな音が、声が耳に届く。

「うぉぉぉ、師匠～！　あなたは救世主様ですぞぉぉ！」

その中でもサカキの泣きわめくような声はひときわ響いており、ほぼ無心になっていた俺は思わず軽く吹き出してしまった。

「だから師匠じゃないって」

三人にもその笑いは伝播《でんぱ》する。

全員で大笑いしてしまった。

その温かな声は、なによりも穏やかな日々に帰ってきたのだと実感できる。

俺は、そのまましばし空を見上げた。

長かった夜の余韻《よいん》に浸りながら、主上なるまだ見ぬ敵と、今は亡き親父の姿を闇夜に見据えて。


――激闘から数週間が過ぎて。

ツータスタウンには、平穏と活気が戻ってきつつあった。

中でも、特に盛んに行われていたのは魔導具の生産だ。

その担い手は、ガイアの支配下において、強制労働を強いられていた人々である。

皮肉にも、そこで身につけた技術が今は町の復興のために活かされようとしていた。

俺はそんな町並みを三階の執務室から眺めて、少し感慨深い気分になる。

「……三カ月か」

着任した頃は秋口だったが、今やもう十二月だ。

空気はすっかり冷えるようになり、町を囲む森は枯れ木が増えた。

冬の足音がすぐそこまで迫っている。

長いようで短い時間だった。

そんなふうに改めて振り返るのは、このたびダンジョンの調査が完了して、任が解かれたためだ。

自首をしたワンガリイさんの代わりとして、しばらくはこのツータスの領主代理も務めた俺だったが、今はすでにその職には別の方がついている。

俺はポケットに入れていた一枚の手紙を開く。

それは通達書に同封されていたものだ。

『期待以上の働きに感謝申し上げます。あなたの成果により、わたしの地位はより万全なものとなるでしょう。お姉様の件は、よしなにはからいます。今後もお力添えをいただければ幸いです。王都へいらした際は、しかるべきおもてなしでお迎えすることをお約束しましょう』

差出人は、今回俺を官吏に任命した張本人――ノラ王女だ。

文末には取ってつけたようなハートマークも書かれており、文から伝わってくる腹黒さ、たくましさが彼女らしい。

同時に王都までの馬車券が入っているのだから、要するに召集の意味もあるのだろう。

もしかするとまた別の任務が課されるのかもしれない。

苦々しい気持ちでそれを読み返していたら、後ろから裾を引かれる。

「タイラー、さぼり、よくない」

そこにいたのはフェリシーだった。

退去のための片付けを、志願して手伝ってくれているのだ。

ただしその格好は作業に向いているとはいえない。今日とて、ナイトキャップを被った寝巻き姿だ。

よほど気に入っているらしい。

半分だけ開いた目もあって一見眠そうだが、彼女は至って真剣だった。

「悪い悪い。今やるよ」

フェリシーの頭を撫でた俺は、これまで使ってきた机へと戻る。

キャビネットを開き、引き継ぎ資料をまとめ始めた。

そうしてしばらく、彼女の方を振り返れば……

「おいおい、本当に寝たのかよ」

彼女はソファにもたれかかるようにして、すやすやと寝息を立てている。

その穏やかな表情を見ていたら、わざわざ起こすのも忍びなくなってくる。

もう寒くなる季節だ。風邪をひいてはいけない。上着を脱いでかけてやったところで、戸が数回ノックされた。

返事をすると外から顔を見せたのは、警備隊のまとめ役であるサカキだ。

「おぉ、もうここまで綺麗になったとは。師匠、もう行ってしまわれるのですね」

だいぶすっきりとした室内を見渡した後、彼は唇を真一文字に結ぶ。

だから師匠じゃないんだけど……と言える雰囲気ではなかった。

その一重で力強い目の端には、涙の粒が潤《うる》んでいたからだ。

「あぁ、うん。明日には出る予定なんだ。色々と本当に助かったよ。ありがとう」

俺はそこまで答えて、ふと気付いた。

出会った時の印象が最悪だったから、軽い口をきいているが、そもそも彼は年上だ。

昔ならともかく今の彼相手ならば、敬意を表せる。

「ありがとうございます、サカキさん」

丁寧口調で言い直す。

するとサカキは、いよいよ涙の粒を落として、泣き始めてしまった。

サカキは太い腕でそれをぬぐっている。

「なんと、呼び捨てで構いませんのに！」

「いえ、そう呼ばせてください。あなたはもう立派な警備隊です。それに、俺はもう上官じゃありませんよ」

「えぇ、それは承知しておりますが。ミネイシティにいた頃からもう長らく、気安い話し方に慣れていましたから」

「……すいません。わざわざこの町まで来てもらったのに、俺がこうも早く辞任することになって」

その謝罪は口をついて出てきた。

思いは、サカキに対してだけではない。

そもそもは俺が募集して、集まってくれた警備隊だ。

真っ先に自分が抜けることになるのは、少し負い目もあった。

だが、彼は暑苦しいくらいにおいおいと泣いて、首を横に振る。

「なにを言いますか、タイラーさん！　たしかに俺たちは皆、あんたに惹かれて集まった。でも今は、このツータスの町の土地、人を守りたいと心から思っていますよ。あなたが命懸けで守った町ですからね」

彼は窓から町並みを見下ろして腕組みをすると、そう意気込む。

本当に立派になったものだ。

もはやギルド昇格戦でやり合った時とは別人の域である。

なればこそ、今の彼になら任せられるというものだ。

「改めてお世話になりました、タイラーさん！」

互いに気持ちのいい礼を交わす。

この分なら立派な仕事ぶりで、新しい領主による統治《とうち》を補佐できるに違いない。

俺が安心していると、そこでサカキがふと泣きやんだ。

「あ！」

「どうしました？」

「そういえば、そうだった……はは、タイラーさんを見たら感極まってしまい申した。此度は妙な闖入者《ちんにゅうしゃ》のご報告にきたのでした」

「妙な闖入者？」

「はい。なんでも伯爵家の人間だと名乗るのです。信憑性に欠ける怪しい輩と判断し、ひとまずナバーロに身柄を詰所《つめしょ》で拘束させておりますゆえ！」

サカキはその服装や人相の特徴をあげる。

聞いていくうちに、さぁっと俺は血の気が引いた。

「……たぶんそれ、領主に就任した方だ。今日、引き継ぎがあって来訪予定だったんです。言ってあったと思うんですが」

「な、なんとっ⁉ そう言われてみれば聞いていたような……タイラーさんがいなくなるショックで忘れておりました！ しかも身分証を忘れたというものですから、てっきり怪しいと。す、すぐに拘束を解除してここにお通しします！」

大きな身体を反転させ慌てて出て行くサカキの姿には、さすがに少し呆れた。

戦闘などでは随分頼もしく見えたが、やはりまだまだな部分もあるようだ。

俺は慌てて机の上を片付けて、来客の用意に入る。

そうこうしていたら、アリアナ、マリ、サクラ、エチカの四人が部屋へと入ってきた。

アリアナとマリには新任領主への挨拶のため、サクラとエチカには茶の用意のため、予定時刻に集まるようお願いしていたのだ。

サクラは茶器をセットし終えると、フェリシーのそばまで寄って、その顔を覗き込む。

「……また寝てしまったのですね」

「あぁ、うん。片付けが面白いわけじゃないから仕方ないよ。悪いけど、一旦屋敷の方に連れて行ってもらえるか？」

「かしこまりました、ソリス様。お任せを。私が引き取りましょう」

この数ヶ月で、フェリシーの世話には完全に慣れたのだろう。

サクラは彼女を背中に乗せると、器用にも自ら紐を結び、落ちないように固定した。

「サ、サクラさん、やっぱりすごい……！」

「あぁ俺もそう思う」

その手際のよさを横から見て、兄妹二人で驚きの声をあげる。

「当然ですわ。なにせ、元ロイヤルメイドですもの」

「……わ、私だって子守なら得意だもん！　将来的にはこれくらいできるし……！　将来のお嫁さんとしてはこれくらい……」

マリはサクラが褒められたことに鼻を高くしていて、アリアナはどういうわけかそれに張り合っていた。

ごにょごにょと濁されたので、最後の方はよく聞こえなかったが。

そんなふうに談笑していると、再び戸がノックされてサカキの声が室内に響いた。

「今度こそ、伯爵様をお連れしました！　大変失礼いたしました！」

タイミングが悪いが、不当に拘束したうえ待たせるわけにもいかない。

扉を開けて出迎える。

サクラとエチカが茶の用意をはじめる中、俺は伯爵をソファ席へと通した。

挨拶を交わしたあとにまず俺は、不当な拘束をしてしまったことを何度も謝り倒す。

「まぁ、前領主が魔族側についていたと分かったばかりですから、警戒するのは仕方ありませんよ。身分証を忘れた私も悪いですし……」

新領主さんはどうやらかなり温和な方らしい。

まったく気にしている様子はなかったので、ほっとした。

サクラとエチカが部屋から出るのを待って、業務の引き継ぎを始める。

それが一段落したところで、話題はガイアの一件の後始末へと移った。

俺としてはこちらの方が気になっていた。

「まずダンジョンから採取いただいた遺留物《いりゅうぶつ》ですが、特別なものは見つかりませんでした」

「やっぱりそうですか……」

あの夜、魔力と体力の回復を済ませた俺は、一度ダンジョンの中へと戻った。

ガイアの遺体を回収するためだ。

しかし、彼が横たわっていたはずの場所にはすでに何もなかった。

はなから戦闘なんてなかったかのように、普通のダンジョンの光景が広がっていた。

そこで内部にあった砂や土を採取し、鑑定をお願いしていたのだが、何も分からなかったらしい。

「もしかすると、特殊な魔法を使ったのかもしれませんね。いかんせん情報が少ない。ガイアという魔族の配下の者たちは魔族を恐れて保身に走っているのか、ほとんど口を割りませんから」

「まぁそうでしょうね。そう簡単に情報を出してくれる相手じゃないですね」

「はい。まぁ、ワンガリイだけはなんでも話すと申していますが」

さすがはワンガリイさんだ。

もう逃げも隠れもする気はないらしい。

「彼やあなたの証言を元にすると、不思議な固有魔法を使っていたことは分かっています。その線を考えるのが自然でしょう」

「配下の連中の素性は分かったのですか？」

「はい。王国の成り立ちに反対する宗教組織や、隣国の貴族、滅んだとされていた闇属性の血を引く一族なんかも入り混じった混合集団でした」

闇属性の一族の話は、元パーティメンバーのシータから聞いて知っていた。

魔力の質が魔物に似ているがゆえに迫害され、滅亡に追いやられたとされる一族だ。

しかしその血は実際、脈々と受け継がれていて、シータのように今もなお残っている。

それだけならばなんの問題もない。

だが、魔族側に加担して破壊行為に走るのならば厄介な話だ。

「サンタナ王国の転覆が、その共通の目的だと推測していますが……分かったのはせいぜい、敵がどこに潜んでいるかは不明ということだけですね」

要するに、悪意や敵意の寄せ集めというわけだ。

ガイアは、それら反抗勢力に「闇の力を与えよう」とでも言って唆《そそのか》し、一大部隊を組織していたのだろう。だとすれば、今後も同じように魔族が反乱分子らをまとめ上げることは考えられる。

俺はちらりと、隣に座るマリの顔色を窺った。

長い巻き髪で隠されていて、その心境は読めないが、自らの一族が関わる話だ。

複雑な思いでいるに違いない。

「魔族だから悪い、人間だからいい、ってわけじゃないってことね」

アリアナが考え込むように、ぼそりとこぼす。

「人間だからいい、というわけではないのには同意ですが……魔族は敵ですよ。少なくともこの国にとっては」

ここばかりは、一般的な考え方とは相容《あいい》れない部分だ。

フェリシーのように心優しい魔族もいる。そこだけは、たとえばこの先、魔族とこの国が全面戦争になっても、色んな人を敵に回すことになっても、俺には譲れない。

俺たち三人は、ただ黙り込む。

唐突に訪れた静寂の後、しばらく考え込むように紅茶を飲んでいた伯爵さんはソーサーにカップを置いた。

「そういえば……」

伯爵さんが思い出したように切り出す。

「戦場であなた方に味方をする魔族がいたという話があったのですが、あれはまことですか？　連中が言うには、たしか名前をバイオレットとか……」

その質問に俺たちは一度それぞれの顔を見た。

それは連中が捕まっている以上、確実に漏れる情報だ。

戦場で何度か『フェリシー』の名前で呼んでいた時もあったが、その名前を聞いていた一部の連中には、闇属性魔法の『ナイトメア』をかけている。

思い出すと悪夢で苦しむようにしているので、漏れる心配はないだろう。

『バイオレット』の名は、多くの人に知れ渡っているため、流石に対処しきれなかった。

だから『バイオレット』の存在に対する答えは、事前に示し合わせてあった。

「さぁ、知りませんよ。バイオレット？」

「そうね、全く分からないわ」

「ですわね。聞いたこともないですの」

三人とも、しらを切り通す。

といっても、嘘はついてないつもりだ。

俺たちが知っているのは、バイオレットではなくフェリシーである。

魔族だが敵ではなくて、可愛い俺たちの家族だ。

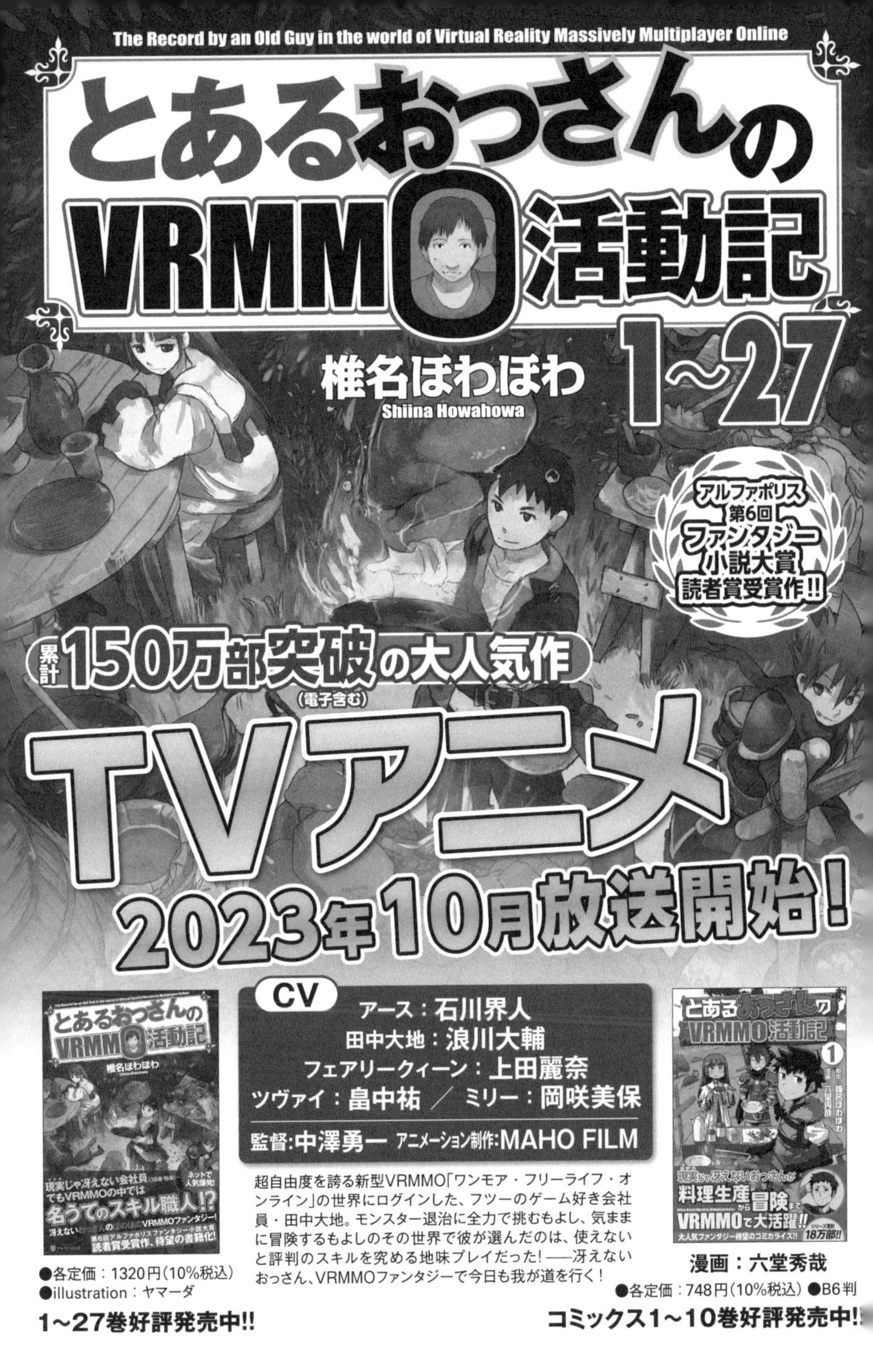

The Record by an Old Guy in the world of Virtual Reality Massively Multiplayer Online
とあるおっさんのVRMMO活動記
1～27
椎名ほわほわ
Shiina Howahowa
アルファポリス 第6回 ファンタジー小説大賞 読者賞受賞作!!
累計150万部突破の大人気作
（電子含む）
TVアニメ
2023年10月放送開始！
CV
アース：石川界人
田中大地：浪川大輔
フェアリークィーン：上田麗奈
ツヴァイ：畠中祐 ／ ミリー：岡咲美保
監督:中澤勇一 アニメーション制作:MAHO FILM
とあるおっさんのVRMMO活動記
椎名ほわほわ
名うてのスキル職人!?
超自由度を誇る新型VRMMO「ワンモア・フリーライフ・オンライン」の世界にログインした、フツーのゲーム好き会社員・田中大地。モンスター退治に全力で挑むもよし、気ままに冒険するもよしのその世界で彼が選んだのは、使えないと評判のスキルを究める地味プレイだった！——冴えないおっさん、VRMMOファンタジーで今日も我が道を行く！
●各定価：1320円（10%税込）
●illustration：ヤマーダ
1～27巻好評発売中!!
とあるおっさんのVRMMO活動記 1
現実じゃ冴えないおっさんが料理生産から冒険までVRMMOで大活躍!!
大人気ファンタジー待望のコミカライズ!!
漫画：六堂秀哉
●各定価：748円（10%税込）●B6判
コミックス1～10巻好評発売中!!

便利すぎるチュートリアルスキルで異世界
ぽよんぽよん生活
Omine
著 御峰。
心優しき少年が
異世界すべての
人々を幸せにする
超ほっこり
冒険譚、開幕！
エラーで手に入れたチュートリアルスキルで
無自覚に最強!?

便利すぎるチュートリアルスキルで異世界
ぽよんぽよん生活
著 御峰。
エラーで手に入れたチュートリアルスキルで
無自覚に最強!?
ご主人カッコイイー!!

●定価：1320円（10%税込）　●ISBN978-4-434-32186-3

●Illustration：ゆーにっと

追放された神官、【神力】で虐げられた人々を救います!
女神いわく、祈る人が増えた分だけ万能になるそうです
著 Saida《サイダ》
万能な【神力】で、捨てられた街を理想郷に!?
俺だけに見える女神と\マイペース/救済生活はじめます!
教会都市パルムの神学校を卒業した後、貴族の嫉妬で、街はずれの教会に追いやられてしまったアルフ。途方に暮れる彼の前に現れたのは、赴任先の教会にいたリアヌンという女神だった。アルフは神の声が聞こえるスキル「預言者」を使って、リアヌンと仲良くなると、祈りや善行の数だけ貯まる「神力」で様々なスキルを使えるようにしてもらい——お人好しな神官アルフと街外れの愉快な仲間との温かな教会ぐらしが始まる!
◎定価:1320円(10%税込) ◎ISBN 978-4-434-31920-4 ◎illustration:かわすみ

この作品に対する皆様のご意見・ご感想をお待ちしております。
おハガキ・お手紙は以下の宛先にお送りください。

【宛先】
〒150-6008 東京都渋谷区恵比寿 4-20-3 恵比寿ｶﾞｰﾃﾞﾝﾌﾟﾚｲｽﾀﾜｰ 8F
（株）アルファポリス　書籍感想係

メールフォームでのご意見・ご感想は右のＱＲコードから、
あるいは以下のワードで検索をかけてください。

アルファポリス　書籍の感想　検索

ご感想はこちらから

本書は Web サイト「アルファポリス」（https://www.alphapolis.co.jp/）に投稿されたものを、改題・改稿のうえ、書籍化したものです。

えっ、能力《のうりょく》なしでパーティ追放《ついほう》された俺《おれ》が全属性《ぜんぞくせい》魔《ま》法使《ほうつか》い!? 3

～最強《さいきょう》のオールラウンダー目《め》指《ざ》して謙虚《けんきょ》に頑張《がんば》ります～

たかた ちひろ

2023年　6 月 30日初版発行

編集－小島正寛・仙波邦彦・宮坂剛
編集長－太田鉄平
発行者－梶本雄介
発行所－株式会社アルファポリス
〒150-6008 東京都渋谷区恵比寿4-20-3 恵比寿ｶﾞｰﾃﾞﾝﾌﾟﾚｲｽﾀﾜｰ8F
TEL 03-6277-1601（営業）　03-6277-1602（編集）
URL https://www.alphapolis.co.jp/
発売元－株式会社星雲社（共同出版社・流通責任出版社）
〒112-0005東京都文京区水道1-3-30
TEL 03-3868-3275
装丁・本文イラスト－たば（https://taba-com.tumblr.com/）
装丁デザイン－AFTERGLOW
印刷－図書印刷株式会社

価格はカバーに表示されてあります。
落丁乱丁の場合はアルファポリスまでご連絡ください。
送料は小社負担でお取り替えします。

ISBN978-4-434-32183-2 C0093